九時まで待って

田辺聖子

集英社文庫

目次

九時まで待って

OSAKA 氷 雨

1

一日じゅう、稀《まれ》は電卓を手にして、お金銭《かね》の計算をしていた。各誌の締切《しめきり》があるので（中にはもう過ぎているのもある！）朝から電話は狂ったように鳴りつづけていた。はじめは私も律儀《りちぎ》にいちいちとりあげ、

「はい。……そう申し伝えます。はい、わかりました」

と受けこたえし、切ってから稀に、

「『ジュリア』のエッセー。いつになりますかって」

「『猫のデデ』、お願いしますって。ひたすら、お願いしますって。赤ランプが点滅してますって冗談いうてはった。でも、声が引《ひ》き攣《つ》ってたわよ」

などと報告していた。『猫のデデ』というのは稀が連載している小説のタイトルであ

る。べつに猫が主人公なのではなく、猫のような女で、アダナをデデというのがヒロインである。

「じゃかッし！　ぐだぐだぬかすな！」

稀は吠《ほ》えた。仕事がたてこみ、遅れるとイライラするので、そんな風になることはあるが、それでも仕事のイライラだけだったら、もう少しはご機嫌がいいはず。何たって、こうも、

〈仕事の洪水《こうずい》に押し流されてる〉

というのは稀の優越感をくすぐるからなのだ。

三年前、稀はある文学賞の新人賞をもらった。それから頓《とみ》に仕事がふえた。一つ二つはテレビドラマ化されて評判もよかったから、今まで来なかったような、ポピュラーな雑誌からの注文もふえたのである。稀がもらった新人賞のそれは、純文学関係であるが、稀はそれを機会に、違うジャンルの小説も書きはじめ、それはかなり現代の穴場だったらしくて、当ったというべきであろう。私が読んでも、文章に一種の「太刀《たち》風」というような鋭さがあって、それでいて面白かった。世間もそう思ったのかもしれない。はじめて週刊誌の連載の話が来て、稀はギャアギャアとわめいて喜び、（稀は三十二だが、ウチウチの、私に対した時はコドモみたいになる）ありったけの力を集中して書いた。新聞社系のぱっとしない週刊誌なので、連載中は話題にならなかったが、その新聞社か

ら一冊にまとまって刊行されると、またもや、かなり売れたのである。

稀はテレビ出演も乞《こ》われるようになった。若く見られるほうで、二十七、八ぐらいに人には思われている。大学を出て三、四年はサラリーマン暮らしをしていたので、それがいまも身についていて、髪も短く刈り、夏でも白いスーツにネクタイをきっちりつけてテレビに出たりする。稀はいまは作家と呼ばれているが、ほんとうはそれが嬉《うれ》しくてならないのに、（作家になりたくて仕方なかったくせに）

「作家なんていややな」

というのである。

テレビ出演をいわれると、

「テレビなんかへ出て、顔、おぼえられとうない」

といいながら、内心は嬉々《きき》として出ている。テレビ出演用に、スーツをいっぺんに三着作ったりする。金廻りがよくなったのが自分でもこたえられない快感らしい。

（オダ・レンかて、こない儲《もう》けてへんやろな、ミッチイ）

と上機嫌で私にいう。私のことを蜜子《みつこ》とよばないでミッチイという時は上機嫌な証拠である。

（トミタ・ジュンかてそや。あいつも霞《かす》んでしもた）

オダ・レンもトミタ・ジュンも、稀と同じようなころにデビューした若手の作家であるが、そのあと、一、二作書いて沈黙している。どちらも本業を持っていて、小説で食べているというのではないようであった。

彼らにくらべると、大衆受け、というより女性受けする小説を書くようになった稀は、しこたま有名になった。(しこたま有名になるっていいかた、いけないいかしら？　稀は私の言葉づかいがヘンだと嗤《わら》うが、そのあと彼の書く小説に、その通りの言葉がでてくることがある)女性読者に人気があるみたい——眉《まゆ》が濃くて甘さの漂うルックスで、長身の稀は、女の子のファッション誌に写真がよく載るようになった。

彼はそれもいやがっていない。

自分の写真を丹念に自分でえらぶ。

(これにして下さい……いや、そっちはダメ——うーん、いや、これがまだマシかな)

などとこまかく指図し、雑誌が送られてくると、自分の写真に飽かず見入り、その上の「浅野　稀」という字についても、

(もっと大きいほうがよかったナ)

と文句をいったりするのだった。自分の名前が好き、というより、名前が新聞や雑誌や週刊誌に出るのが大好きみたい。浅野稀というのは本名である。少し前、女性誌「ジュリア」に稀の特集が載ったが、このときなんか大変だった。締切でがんじがらめの日程をやりくりして稀はまる三日、撮影につきあい、私もずうっと付き人みたいに付き添

わなければならなかった。写真ができあがると稀はレイアウトにまで注文を出した。
〈週末、浅野稀する〉
という文句も、稀自身が指定したのである。

夕暮の道頓堀《どうとんぼり》でたたずんでいる稀の写真の横に、二、三行、これも稀の書いたもの。

〈僕の好きなもの——冬の黄昏《たそがれ》。孤悲《こひ》という、恋のあて字。老朽した山波。付け睫毛《まつげ》の片方が落ちてる朝のベッド——ぼく自身〉

稀は、自分自身を綺麗《きれい》な包装紙で包み、リボンをかけてシールを貼《は》って売り出すのが大好きで、またその才能もあった。そして、

（オダ・レンなんて、あいつら、それがでけへんから、あかんのじゃわ）

なんて、吉本興業的大阪弁をわざと偽悪的に使って喜んでるのだった。稀は日常でもそんな言葉を愛用する。「じゃかッし」というのは、「やかましい」を下品に崩した大阪弁である。甘い美貌《びぼう》の稀がいうと、吉本興業弁も愛嬌《あいきょう》に聞えるので、一緒に暮らしはじめた当座、それは私を大いに楽しませたものだった。稀はごく中流の生れ育ちなので、本来、ガラは悪くなかったが、面白がって品の悪いコトバを使っているうちに、今では日常自然に出てくるようになった。——尤《もっと》も、テレビではイントネーションに上方《かみがた》弁を

とどめながら、言葉は完全な標準語を使う。

稀は自分演出の臭《くさ》さを自分で知っていて、

（まあ、今はキザらせてもらいまひょか）

なんていっている。そうして、

（こういうカンが、トミタ・ジュンにはないねんからアホじゃ、あいつは）

という。稀の人生はただいま、他の同年齢作家と比較して優越気分に浸《ひた》ることで成り立っているのである。私は全面的に稀に賛同しているわけではない。私自身は富田純のゴッゴツした私小説をきらいではないし、（進んで買って読もうという気にはならないが）小田簾《おだれん》の率直で簡潔な文章の小説も悪くはないと思っていた。けれども、稀のその言い方が面白かった。

そう、ただいま私にとって、稀は、面白くってならないのである。

とっても気が合う――。（と、稀も、私のこと思ってるに違いないと思う）

この間の〈週末、浅野稀する〉の「ジュリア」の撮影の時でもそうだ。稀は絶えず鏡を見たがった。寒風に吹かれる橋のたもとでの撮影なので、髪が乱れたり、シャツの裾《すそ》が煽《あお》られたり、するのだった。私はそのたび、さりげなく稀に近寄って手を出し、ついでに、てのひらに入るような小さい鏡を稀に見せて一べつさせるのだった。稀は手首にプラチナのチェーンを巻いている。それを、それとなく袖口《そでぐち》からちらと見せるように気をつけたり、マフラーの巻きかたを示唆《しさ》したりする、そういう作業を稀は誰とやるよりも、私と共同でやりたがった。

稀の担当編集者は、稀より若い男性なので、こういうとき、ボーと見ていて、あまり役に立たない。作家の撮影には、スタイリストもついてこない。

稀は私のてのひらの中の鏡を身をかがめて覗《のぞ》き、安心するのだった。写真のうつされかたというのを早い時点で会得《えとく》したので、稀は写真うつりがいい、といわれているが、これも稀のいう「カン」である。私は稀のそんな、カンのよさにも面白がらされている。

盛り場のどまん中だったので、

(浅野稀やわ……)

(サインして)

と女の子たちが手帖《てちよう》を拡げたりして、やってくる。それを押しとどめるのは編集者の役目で、私はカメラマンの横で、スタッフの一員のような顔をして、知らんふりでいた。でも稀が、(キャッ、稀やわ)(誰やて?)(ほら、浅野稀)と通りがかりの女の子たちにいわれるのを、満更《まんざら》不快な気分でいるのではないことが、よくわかるのだった。彼女たちはしかし、稀の小説やエッセーを読んでいないかもしれない。テレビに出るために、顔を知られているのだろう。

その日は、カメラマンと編集者は、すぐさま東京へ帰るというので、あと夕食を食べにいったのは、稀と私と二人きりだった。仕事はあったのに、稀はまだ昂揚感《こうようかん》が持続していて、街の華《はな》やぎの中に、身をおいていたいらしかった。

道頓堀川のそばの地階のバーで、カンパリソーダを飲む。飲みながら、

(今月、まだ二つあったな?)

と彼はいい、これは仕事の予定である。

(三つ。「チェック」の短篇、忘れてるんやない?)

と私は稀のスケジュールは諳《そら》んじている。それに稀のクセも。

なぜか、一ぺん忘れると、ずうっと忘れつづけるというクセが、彼にはある。

(あーッ、そうか、また「チェック」か、もうそんな時分か、うんざりさせよンな)

と稀はいい、それはもう一人の作家と隔月《かくげつ》連載だったから。しかし、うんざりさせよるといいながら、稀はほんとは「仕事の洪水」を喜んでいた。顔が輝いていて、もう、何ものを以《もっ》てしても、稀の上機嫌をめげさせることはできない、という風情《ふぜい》。

(流行作家のおくさん、というのは、どんな気持や、ミッチイ)

なんていうのは、近くの地中海料理のレストラン「ダナエ」へ行って、生牡蠣《なまがき》のキャビア添えや墨煮《すみに》のイカ、魚と貝のパエリヤなど食べてる時だった。私は墨煮を食べてお歯黒《はぐろ》になりつつ、

(浮草稼《うきぐさかせ》業のうしろめたさ、というのを、つくづく味わったわ)

といった、稀は大声で笑った。そして、

(浮草稼業でない商売なんてあるかい。生きてることがみな水商売。——だからウソの物語が売れるのです)

(ウソ書いてんの？　稀)

(本音なんか、書けるかい、小説に)

(それは、まあ)

(しかしウソとはいわんな、非本音ぐらいかな、本音にあらず、ウソにあらずという、虚実《きよじつ》皮膜《ひまく》の間《かん》に真実はある。わかる？)

(わかんなーい)

(オレもわからへん)

と笑って、黒光りするイカの墨煮を食べてる楽しさ。目の下は灯の揺れてる道頓堀川で、

(いや、シミジミええなあ、贅沢《ぜいたく》いうもんは)

と稀はいうのだった。——忙しくなりかけた一年目二年目は、お金は入るが贅沢をする時間もなかった。稀は物狂おしく夜も昼も机に向い、ホテルに缶詰《かんづめ》になり、それでも出来上らず、目を血走らせ髪をかきむしって帰って来て、物を食べずに書きつづけ——という生活をしていた。食事をとらない稀の体から屍臭《ししゆう》が臭《にお》ってくさくてたまらなかっ

た。石油ストーブの消えてるのも忘れて、ガタガタふるえながら書きつづけ、出来上っても完成の楽しみというのにはほど遠く、落ちこんでしまって、ただ睡《ねむ》りこけるだけ、そうするうちにまた次の締切がくるというありさまで、飛ぶように日がすぎた。

そのころは私も仕事をやめていたから、稀の面倒を見られたのだけど。

（うわ。どんどん、オカネ、入っちゃう）

と二人で喜んだのははじめのうちだけで、すぐ、それどころではなくなってしまった。オカネなんて使うひまと心の余裕があってこそのものだった。あるのは締切だけだった。しかも毎週毎月が棒高跳《と》び、というさまだった。前に書いたものより少しずつ少しずつ、グレードが上ってることを期待されるから。

――稀はある時期、完全にノイローゼになっていた。しかもノイローゼになってる時に書いたもののほうが評判よくて、そうなると稀はたやすくまた恢復《かいふく》してノーマルにもどり、それから仕事に没頭し、書けないと荒れ狂いノイローゼになり、またちょっとしたことでもとへ戻り……というくりかえしである。

やっとひと息ついたのが二年目の終りぐらい、稀は東京へ行ってる間は、結構、麻雀《マージャン》やバクチをやってるみたい、友人が出来て遊び友達と息抜きもするようになったみたい。

（毛皮、買えば？）

と稀は私に言う。二人で面白がって毛皮を買いにいった。稀は作りたてのカードを出したが、売り子の女は稀の名に無関心らしかった。宝石屋でも稀の名を知らなかったが、稀はここでプラチナの毛彫《けぼり》のペンダントをお揃《そろ》いで買ってくれた。（稀が写真をとられるとき、いつも手首に巻いているプラチナチェーンは、そのときのものである）私には言わないけれど、稀は、私に使ったよりもっと大きい金を、バクチで失っているに違いなかった。

三年目も、仕事は途切れず、順調にオカネは入ってきた。春のはじめに、私たちは大阪市内の賃貸マンションへ移った。中古だけど、公園の向うに大川も見えるし、静かでいい。飲みに出るのにいいというのが稀のいちばんの理由である。でもキタの盛り場は近すぎて、帰りはタクシーもいやがるから、チップをはずむことになってしまう。

稀もやっと、オカネを使う楽しみをおぼえたようだ。私はというと、いつでも買えると思うと、かえって落ち着いてしまい、（また、今度にしよう）と考え、ことさら欲しいというものもなかった。ただ、マンションの近くで、個人的にお料理を教えてくれるところがあったので、そこへ習いにいくとか、食事の材料にお金をかけるとか、そんなことがゆったりできるようになった。稀は家で食べるのが好きなほうなので。

しかしまた、たまに二人で外食すると、

（いや、シミジミええなあ、贅沢いうもんは）

と言い合うのも嬉しかった。

（ほら、おぼえてる？　あたしが働いてて、稀が家にいたころのゴハン。すきやきの精進料理《しょうじん》）

（あれは忘れられへん。怒ろう思《おも》たけど、笑い出してしもた）

なんていうのもいい。あるとき、サラリー前だったし、買物にいく時間もなかったので、私はヘット一かけだけで、青葱《あおねぎ》と麩《ふ》と半丁のお豆腐を使って、牛肉のないすきやきを作ってしまった。二人で「すきやきの精進料理」と名づけたが、いまは最高の霜降り肉だって買えるし、それを贈り物に貰《もら》うことだってあるのだ。

そのあまりの幸福が、私にはうさんくさく思え、「浮草稼業」というゆえんだが、今年はじめて、去年の税金を払わされて、稀は仰天してしまった。収入の七割くらいは税金なのだった。それに予定納税というのがきた。地方税がきた。もうそれでほとんど収入は持っていかれてしまう。

（予定納税って何ですか、これは）

と稀は青くなって、去年から頼んだ税理士にすぐさま電話をかけ、これは来年分の税金を今から先納するのであるが、遅れると利子がつく、などと教わり、

（理不尽やないですか！　先に納めるのに）

と悲鳴をあげていた。税金のことなんか、私も知らなかったし。——月に何度か、稀は電卓を手にして収入と税金の割合を調べる。そういう日は仕事する意欲も湧《わ》かないみ

たい。

「なんでこない、税金、多いねん！　オイ、知ってるか。稼げば稼ぐほど税金に持っていかれるシステムやぞう」

「しかたないやないの、税金やったら」

「しかたないから腹立つんやないか、くそう。畜生、ドロボー、返せえッ！」

と電卓を投げ出して叫び、

「金、あらへんやないか、あんだけ働いて、一文なしやぞう。泣けてまうわ」

——私は稀の金銭執着趣味を発見して、それもおかしい。何が「週末、浅野稀する」だろうと思うのだ。稀の作られたイメージと実態は大ちがい、でもそこが稀のオモロイところだと思ったりして、私は面白がっている。

電話がかかり、私がとると、女の声で、

「稀さん、出して」

と高飛車ないいかたをする。

「どちらさんですか」

「税理士よ」

私はすぐに稀に渡した。稀はひとことふたことしゃべって切る。フト私は気付く。いつもの税理士は男性なのに。

2

その夜、稀が帰ってきたのは午前一時だった。ぐでぐでに酔っていた。マンションのドアのキイを一人で開けられず、遠慮会釈《えしやく》もなくブザーを押しまくった。私はベッドから下りて開けにいった。

稀は外の壁に倚《よ》りかかって眼を閉じていた。ジャケットの上に黒の革ジャンパーという、いつもの外出の恰好《かっこう》だけど、何となく身装《みなり》に乱れがあって、

(臭《くせ》えなあ……)

と私は思った。

稀は玄関から革ジャン、ジャケット、ネクタイ、と引きむしりつつ、それらを床に散らしながら居間のソファに崩れ込んで、

「バーボンをロックで」

というではないか。私は突っ立ったまま、

「まだ飲むのか、おどろいちゃいますね」

「最後の栄光の打ち上げ花火。ぱっとご陽気に納めてお開き」

「一日じゅう、おカネ勘定して夜はおデートか、打ち上げ花火が聞いて呆《あき》れるよ。仕事するのかせえへんのか、どっちや、いうとんねん！　アタイ、電話で弁解《いいわけ》すんの、飽い

たよ」

「ぎゃあぎゃあ、ぬかすなって。書き出したら一瀉千里《いっしゃせんり》だあ。この稀さまの天才を知らんな」

「天才なら、とうに仕事を仕上げてるよ、『ジュリア』に『サクセスボーイ』に、『オール21』、いくつもたまって嬉しいね、へん」

私はパジャマに、足もとは、出版社からお歳暮にもらった、ふかふか毛皮の室内穿《ば》きという恰好のまま、ジム・ビームをグラスにつぎ、冷蔵庫の氷を手づかみで入れた。ついでに私も作った。ほんとは稀と飲むのは嬉しかった。

私はベッドに入っていたけど眠ってたわけじゃなく、推理小説を読んでいた。私は稀の小説を読むのはきらいではなかった。稀は美しくてしみじみしたラブロマンスを書いた。しかし私のうちの波長が、(稀には悪いけど) 稀の小説を退屈に思わせる時があり、(結局、この男と女は、最後、どうなっちゃうんだろ?)

とじれったくて、うしろのページを先に繰《く》ったりする。

そして結末がわかってゆっくり読むと、今度は焦《あせ》らずイライラせず、プロセスを楽しめる、といったていの小説だった。

だから眠る前のひまつぶしには、そんな手のかかるものより、誰が犯人かという、はらはら、どきどきの推理小説のほうがよかった。

もちろん、その推理小説がよくできていれば、の話だけど。

そしてよく出来ている小説、と私がいうのは、ディテールと文章によることが多い。

またもちろん、これは素人《アマ》の私が、心のなかでひそかに思ってることであって、プロの稀の前でいったことはない。

「そういうなよ、齢《よわい》三十二にして老いたり。行き詰って書くことがなくなった、オレ」

そういいながら稀の顔はハレバレしている。〈書くことがない〉と自分でいうときは自信のあるときである。ほんとに行き詰って苦しんでいるときは、飲みに出ても稀はドド黒い顔色になり、そそけ立った表情で帰ってくるのだった。

私は稀の顔色を見るのに熟練している。

「ふーん、じゃその行き詰りを打開するために、女とやったってわけかい、マレちゃん」

「おいおい、なんてことをぬかす」

「アタイが知らんと思ってんのか」

「思てない……いや、嘘《うそ》。オレやってない」

と稀はげらげらと笑った。私が「アタイ」というときは、かなり浮々《うきうき》としてる時だと稀も知っている。私の上機嫌は、稀の上機嫌からきている。私は稀のハレバレした顔が好きだった。彼は明日になると猛然と仕事をはじめるにちがいないのだ。そのエネルギーが静かにふつふつとたぎりはじめている、その予感で上機嫌になり、軀《からだ》じゅうに充実した清らかな血塊のタマを溜《た》めているような、稀の雰囲気《ふんいき》がいい。

おそらく、体は疲れきっているから、今夜一晩、死んだように眠りつづけるだろうけど……。

そしてそういうエネルギーを稀に呼びさますのが、私ではないヨソの「女」であることを、私はとうに見抜いていた。稀は私に看破《かんぱ》されてることを知らないから、いつのときも、「やってない」と言い張るけれど、昔はともかく、おカネの使える現在《いま》の稀は、そういう機会がちょいちょいあるらしい、と私はニランでいる。私は稀より一コ歳下《した》だけど、そういうカンは冴《さ》えて、ずうっと歳上みたいな気がする。

ヨソの女とやったって、私はいいんだ。

なぜか、そのへんが私にも分らないが、やったって稀は稀であり、私は私であり、私はそのことにあまり嫉妬《しっと》しない。私にどッか、女の本能として欠落部分があるのかもしれないが、稀の胸ぐらをつかんで、

（なんでヨソの女と寝《ね》るのよう）

とどなる気にゃ、到底なれない。稀がそういうチャンスを持ってエネルギーを刺激され、充電されるのを見てるのは、とても気持よかった。私も一緒に、彼の幸運を喜んで、

（ヨカッタ、ヨカッタ）

という気になるのだった。

稀は片手でジム・ビームのロックのグラスをがちゃがちゃいわせつつ、片手は横に坐《すわ》った私のあたまをくしゃくしゃにする。稀の眼元は赤くなって艶《えん》な風情、という感じだった。私は稀の、恰好のいい唇をちょいとつつく。

「ミッチイ」

と稀は私の耳に口をつけてささやく。

「何だい、お前さん」

「オレ好きや。好きやデ。ミッチイ」

「そういいつつ、小説書くアイデアのためなら、アタイを売りとばしかねない奴《やっ》なんだ」

「グハハハ。また買い戻すやないか」

なんて、楽しかった。そうやっていちゃついてるうちに、二人とも芝居気があるので、たちまち「買い戻された女房」とその亭主、という気になって、

「長いこと辛《つら》い目をさせてゴメンよ……」

と稀は私の手を取って泣くふりをし、私は膝《ひざ》をそろえてしおらしく、

「ううん、アンタのためなら、アタイ、どうなってもいいの。アンタがりっぱな小説家

になるためやったら、アタイはどんな苦労にも堪えてみせます」

「おいおい、どっかで聞いたようなセリフやないか」

とげらげら笑い合うのも嬉しい。稀はグラスを置いて、

「ようし、寝よ、早よ寝よ、買い戻した女房と寝よやないけ」

稀は「寝る」とき、音楽を流すときと流さないときがある。今夜は流すつもりらしく、シャツの胸をはだけたまま立っていってステレオのスイッチを入れた。ユーミンのテープが入っている。私たちは『REINCARNATION』のリフレインのところを口ずさみながらベッドへ入った。しかしパジャマに着更えるが早いか、稀は欲も得もなく、枕《まくら》に頬をつけて眠りこむ。

私はふと、意地わるい気持になって、稀の耳をひっぱりながら、「起きろォ」と叫んで、

「女の税理士なんかと、やったの？」

といってみる。

「税理士？」

稀はもうすっかり睡《ねむ》りに沈んで、ネジのゆるんだ発音になっている。私は彼をゆすぶり、

「税理士はいつから、女の人になったの？」

「うん……それはねえ、……オマエを扶養控除できるかどうか、調べてもらうため……」

「できないっていうたやないの、あの男の税理士さんは。内縁の妻は扶養控除にならないって」

ほんとはそのあと、税理士さんは、「早く入籍なさい」といったのだ。でもそこは、私は黙っていた。

「うん……うーん……」

稀は完全に眠りこんだみたい。

音楽はまだ鳴っている。

私はハダシでベッドから下り、消しにいった。

〽Far beyond time この次死んでも

いつしかあなたを見つける

REINCARNATION ……

（松任谷由実・作詞）

深夜に聞く転《リインカーネーション》生という言葉は神秘で、天界からひびいてくるようなメロディに思われた。この稀という男は、私にとって、はるかに時をへだててもめぐりあう男なのだろうか。

はじめ、稀のことを私は、小説を書く男だなんて、思わなかった。

心斎橋《しんさいばし》のライブハウスで出会い、友達に紹介されて、隣に坐った。

いい男だな、と思った。長身で、甘い美貌《びぼう》だったが、自分ではそのことにあまり大きい意味を持たせていないような、素朴で淡泊なところが、そのころの稀にはあった。

そこは、今とちがう。

現在《いま》は自分を売りこむのに熱心な稀のことだから、ポスターなんかの文句でも、プロの広告屋さんと渡り合う。

この前、新刊本の小さいポスターで大いに揉《も》め、とうとう、稀の意見が通ってしまったことがある。『うわの空《そら》は恋の空』という短篇集の広告に、稀は、

——いま、ごくごくと　浅野稀

という文句を入れたがった。

稀の写真は正面を見据えて片手で顎《あご》を支えているもの。私は「男性化粧品の広告みたい」とひやかすのだが、その上に「いま、ごくごくと　浅野稀」とかぶさり、右端に本のタイトルはむしろ小さく、『うわの空は恋の空』と配置されている。ポスターができ

あがってみると、評判はよくて、「用が済んだら下さい」と乞うファンもいたと報告があった。稀は、

（それみろ）

と大得意だった。

そんな現在の稀からは考えられないところが、昔の彼にはあった。少し、うわの空で、絶えず別のことを考えてる風情というか、遠い物音に耳傾けているというか、奥歯の痛みに気を取られているという感じだった。あんまりモノもいわない。

その店にちょうど、首都で著名な作家が来ていた。そのまわりに数人、取り巻きがいた。私と稀の席は彼らに近いところだったので、会話の内容も折々聞えた。彼らは同業の作家の噂《うわさ》をしていたが、そのうち、話題は、ある女流作家の話になった。女流だけれど、コワモテの人で知られた彼女は、ちょっと前に結婚し、子供を産んだばかりだった。子供がはじめて自分のおっぱいを吸ったというので、感動のあまり、友人に電話したという噂をして、その著名作家は、

「おれも感動したよ。尤《もっと》もおれは、かねて、あの人にも少女時代というようなものがあったんだろうかと疑っていたもんだからさ、これで彼女も、女であることがわかって感動したんだけどさ」

といい、取り巻きたちはあはあはと笑った。

稀はその作家たちが入ってきたときから、いたく関心を持って耳を澄ましていたらしかった。

そしてひとりごとのようにこっそりいった。

「僕はその女流にも電話をかける友人がいる、ということのほうに感動したな」

それは私もそう思っていたので、私は笑わずにいられなかった。

稀は気が弱そうに私を見て笑った。それで私たちは二人とも、そのコワモテの、鼻っ柱の強い女流をどう見ているかがわかって、お互い同士に親愛感を持った。私はとくに小説好きではないけれど、いましゃべっている著名作家の小説も読んでいた。

「『××』……は、面白かったわね」

と小声で私は、本のタイトルをいった。

「社会派というのは好かない、僕は」

と稀も小声だが、きっぱりいった。その著名作家は社会派といわれている。

「芥川龍之介がヴィクトル・ユーゴーのことを評した言葉、知ってる？」

「知らないわ」

「『全フランスを掩《おお》う一片のパン。しかしどう見てもそのパンにはバターはちょっぴりしか、ついてない』――」

「ふふふ」

「すべての社会派にはそんなトコがある。バターはたっぷりついてなければ小説とはいえない——ところで、どっか、もう一軒、いかへん？　それとも君の電話、教えてくれる？」

「どっちかを撰《えら》べ、ということ？」

「どっちも、というのはまずい？」

結局、どっちも稀のいうようにした。稀は鉄鋼会社のサラリーマンで、兵庫県の山奥には、中学校長を定年退職した父と、病身の母、これも教員夫婦である兄たちがいるという。

私は父と継母と異母弟たちがいる家庭から出て独立している、という話をした。

半年ぐらいして、稀は、自治体が何かの記念事業の一環に企画した懸賞小説に応募し、入賞して五十万円をもらった。

それではじめて私は、稀が「文学青年」だと知り、それからは「文学青年」というのが私と稀の愛好するフレーズとなった。

（文学青年としては、ですね、この際、ウイスキーの水割りにしたい。……いや、シングルで薄く……）

とか、

（文学青年、コーヒーがいい、紅茶がいい？）

などと使ったり、する。それは稀と共棲《ともず》みするようになってからだった。何からキッカケということなく、六畳一間きりの私営アパートに二人で住むようになり、気がつくと稀は失業保険を受けとっては、せっせと毎日、書いていた。

私は休まず仕事に出かけた。稀は保険が切れると働きに出かけ、また六カ月たつとやめて、毎日、書きに書くという生活である。

私は稀を養っているという気になれなかった。彼もけんめいに仕事をしているのがわかったから。すきやきの精進料理を作ったのも、その頃である。貧乏にはちがいないが、金持の状態を知っておちぶれたのならともかく、もともと貧しい者同士なので、貧乏だという認識も、あまり持てなかった。こんなものだと思って暮らしていた。気が合うので稀といるのは楽しかった。

結構、楽しめるもんだ、と私は思った。将来のことなんかも考えたり、しなかった。

稀が会社をやめたことを知って、稀の兄さんがあわてて田舎からやってきた。

そうして稀が私と暮らしており、私が働いているのを知ると、何も言わずに持ってるおかねの五万円を置いて、

「これだけやぞ。あとは知らんデ」

といって帰った。それで、またもや私たち二人のあいだで「これだけやぞ」「あとは知らんデ」というのがはやった。

そのあと、稀の親父《おやじ》さんから手紙が来て、「結婚するならする、しないならしないで、入籍もちゃんと考えられたし」とあった。

私たち二人はまた、「ちゃんと考えられたし」というハヤリコトバを思いつき、

(カギかけたか？　ちゃんと考えられたし)

などという風に使って喜んでいた。その頃はミナミの日本橋《にっぽんばし》にちかいアパートだったので、安くて旨《うま》いたべもの屋が近くにたくさんあったから、ほんとに二人で暮らしても、さほど経費はかからなかった。私はお化粧もしないし、ショートカットのあたまに金をかけるわけでもなく、着るものも凝《こ》らないから、金のかからない女であるのだ。夏の夕方なぞ、二人で千日前《せんにちまえ》を歩いていると、もう何十年も二人で暮らしてきたような気がして、どこもかもしっくりするように思われた。

そんなとき、結婚や入籍やと、「ちゃんと考えられたし」という状態にはなれないのだった。あまりの居心地よさに。

そうしてあるとき、稀はチャンスをつかみ、にわかに忙しい「作家」にうまれかわった。

(家にいててくれ、電話をとってくれるだけでもええ)

と稀が悲鳴をあげるくらいになった。私は会社をやめ、稀と一緒に、毎日の忙しさに流されるようになった。人に「おくさん」と呼ばれると返事はするが、ほんとうは「愛

人」とも「同棲《どうせい》仲間」とも「お手伝いさん」ともつかない存在である。――で、稀の税理士によれば、「扶養控除はできませんよ」ということなのである。

果して翌日、私が目が覚めると稀はもう仕事にかかっていた。コーヒーを作って持っていくと、

「あとでマッサージしてな」

と余裕のある声で、私のほうは見ないでいう。とびきり上機嫌。仕事は巧《うま》くはこんでるらしい。

「どこを？」

「阿呆《あほ》。朝っぱらから」

「あ。何を考えてるんだか――」

「そっちこそ」

と稀はいい、愛してる？　と仕事しながら冗談をいう。

「愛してないよ。アタイ、うわの空でいう男、きらいだよ」

稀は大声で笑ったが、それは私への返事ではなく、どうやら、没頭している仕事が、彼を笑わせているらしい。

稀と——と、いうより、男と暮らすってことは綱渡りみたいなトコがある。一瞬一瞬が予測できない。いつ、クラッとバランスが崩れるか知れないんだもの。それに稀は、家を仕事場にしているから、機嫌のわるいときはモロに私に「泥のゾウリ」をぶっつけてくる。

3

私はいつか読んだ樋口一葉《ひぐちいちよう》の『たけくらべ』で、あるところだけ、異様に印象的だった。それはヒロインの驕慢《きようまん》な美少女・美登利《みどり》が、ケンカ相手の悪《あく》たれ少年に、泥のゾウリを額へぶっつけられるくだりである。みんなにチヤホヤされてるわがままで権高《けんだか》な美少女にとっては、拭《ぬぐ》いがたい屈辱である。美登利はショックを受けてそれ以来、学校へも行かなくなってしまう。——で、私はそこがなぜかやたらいきいきと鮮明なイメージで浮ぶのであった。その私の読んだ本では（現代語訳だった）美登利と信如《しんによ》の初恋に焦点がおかれていたのだけれど、そんなところはみな忘れてしまい、美登利の白い美しい額に泥ゾウリがぺたっとうち当てられる、凄惨《せいさん》な状景ばかりがあとへ残った。まるで私自身が殴打《おうだ》されたようにゾクゾクと痺《しび》れてしまった。私はわざわざ原典をさがし出して（古本屋で岩波文庫の樋口一葉集を買った）その個所を読んだくらいである。現代語訳より、原典はもっと切れ味するどくて、弱いものいじめする一団の少年らに、非力《ひりき》な美登利は身もだえしてくやしがる。
〈此処《こゝ》は私が遊び処《どころ》、お前がたに指でもさゝしはせぬ、ゑゝ憎くらしい長吉め、三ちやんを何故《なぜ》ぶつ、あれ又引《ひき》たほした、意趣《いしゆ》があらば私をお撃《ぶ》ち、相手には私がなる、伯母《をば》さん止めずに下されと身もだへして罵《のゝし》れば、何を女郎め頬桁《ほゝげた》たゝく、姉の跡つぎの乞食め、手前《てめへ》の相手にはこれが相応だと多人数《おほく》のうしろより長吉、泥草履《どろざうり》つかんで投《なげ》つければ、ねらひ違《たが》はず美登利が額際にむさき物したゝか、血相かへて立《たち》あがるを……〉

この文章のたたみかけるような緊迫感は、私が受けたショックにうまく釣り合い、

（やっぱり……）

というところがあった。訳より原典のほうがよかった。

いや、『たけくらべ』のことではないのだ。この「泥のゾウリ」を、稀はときどき、私にぶっつけてくる。「じゃかッし！」なんていうのはまだご機嫌なときである。

締切は迫るわ、書くことがモヒトツ、キマらない、というときなど、刻々、稀のなかで風圧が強くなっているのが感じ取れる。もうおふざけの段階ではなく、稀の目は血走ってくる。見るもの聞くもの撫《な》で斬《ぎ》りにしたい気分らしい。しかも「ソレ」はいつくるか、わからない。十分前まではご機嫌だったのに、ということがある。小説家《ものかき》の中身はどうなってんのか、ミステリーである。スコスコと仕事してるみたいだったから私は安心して、居間のソファに丸まってファッション誌を読んでいた。ピンクのシルクサテン

のパジャマを着て、——これは、寝間着のつもりで買ったんだけど、あんまり綺麗《きれい》なので、部屋着にしている。この上にミンクの毛皮を着て、レストランへ出かけることもある。黄金色《きんいろ》のベルトをしめるとよそいきになるんだもの——いまは、うえに白いニットのカーディガンをひっかけている。

夕方まで電話がかかり通しだった。私はときどき、キッチンへいってビーフシチューの煮え具合を見たり、アクをとったりしながら、また電話のそばへ戻って本を読んでいた。

外は雨になったようだった。

シチューにしてよかった。寒くなりそうだから。それに、仕事が出来あがらないあいだは、外食する習慣は稀にはないので、家で食べたがるのだ。

その通り、稀は「早めに食事《めし》にする」といって仕事場から出て来た。シチューは最後のひと押し、というのが不足だった。

「もうちょっと待って。もう、十分。そしたらおいしくなるから」

「そっちの都合ばっかりいうな！　こっちの仕事の区切りかてあるわい！」

「おや。そうかい」

私は本を伏せてキッチンへいきながら、

「じゃ、食べよう。べつに今だってかめへんねンから。もう充分、できあがってるんやから」

稀は突っ立って何か文句のタネはないかというように、血走る目でねめまわしていた。髪はくしゃくしゃで、ヒゲが目立った。音楽を鳴らすと、こういうときは「止めろ」というし、つけないでいると、「陰気くさい」といい、超過激にハラワタが煮えくりかえることになるので、私は徹頭徹尾、「さわらぬ神にたたりなし」という施政方針である。で、二人とも黙って、ビーフシチューとパンを食べる。仕事のときは、稀はアルコールを摂《と》らないから、私も飲まない。飲んでもいいが、よけいな挑発《ちょうはつ》のチャンスは作らないほうがいいのだ。

しかし思わず私は、聞いてしまった。

「ねえ、朝からかかってるの、『サクセス』？」

「お」

「まだできあがらへんの？」

催促の電話があったので、私は、見通しが明るいような返事をしたのだ。稀は一瞬、だまり、

「オレ、ヒトリになりたい」

「フーン」

「聞いとんのか、ヒトリになりたい、いうとんのんじゃ！　仕事のことで、ぐだぐだ口

出されへんように、ヒトリ者《もん》になりたい。ほんま、もうイヤになる」

「編集部から電話があったんやもん」

私は小さな声でいう。

「うるさい！　別れたい、いうとんねん！」

平気で彼は放言する。

錯乱状態といってもいい。

私はナイフとフォークを置き、両手の手の甲を合せておいてから、左右に押しひろげ、

「別居《セパレーション》……？」

「何でもええ、もう、二人でいるの飽いた。仕事までぎゃあぎゃあと、女房顔《よめはん》して口出すな！」

死ね、阿呆！

と、いいたかった、私。

電話番してくれ、っていうから、してるんじゃないのさ。

いくら仕事でアタマに血がのぼってるからって、言っていいことと悪いこととある、いや、言っていいことなんか、この際、一つもないのだ。自分が錯乱逆上してるときは、ムッと口を引きしめ、黙ってればいいのに、「ぎゃあぎゃあ」いうのは自分のほうじゃないか、と思ったが、私は黙っていた。

おいしいと思ったシチューが、いっぺんにまずくなった。舌はこわばり、板のようになって味なんか分らない。しかし女の私は食べつづけながら、

「別れてから、お互いに不倫ごっこする、っていうのも、ええかもしれへんね」

と不敵に笑ってやった。稀は冷い顔で、

「オマエ、まだ事態がようわかっとらへんな、別れる、いうとんのが、わからんか」

「どう、っちゅうこと、ないもんね」

「可愛《かわい》げない奴《やつ》ちゃな、そこで泣かんかい」

「泣いたら思いとどまるの？」

「いや」

「ほんなら泣くだけソンやないの」

「計算や理屈やない、気分や。男が別れる、いうたら、女はワッと泣かんかい。そしたら男は気分がスーッとするんじゃ」

「あたしはモグラ叩《たた》きのモグラやないわよ。あんたの気分のお相手してられへんわよ」

「くそ、よけいカッカしてきた」

と稀は荒っぽく椅子を引いて立ち、仕事場へ入ってドアをバターン！　と閉めた。血も凍るような音。全大阪市にひびくかと思った。

別れる、という稀の言葉が、泥ゾウリのように私のおでこにぶち当った気がした。逆

上して言ったにしても、十分の一くらいは、何か土台がないと出てこない言葉のように思えたんだもの。

〈何《なん》で、あんなことというんだろう?〉

というのと、

〈何で、あんなこと考えるんだろう?〉

というのと、この二つの疑問が交互に執拗《しつよう》に私のあたまに浮んできた。無論、それまでもこの種のケンカはよくあった。いや、正確にいって、稀が「作家」らしきものになっておかねを儲け、名前が売れてから、というべきだ。それ以前、彼が無名の頃、二年ほどの同棲期間、全《まった》くといっていいくらい、ケンカも荒い言葉も出なかった。「仕事の洪水」が来てから、稀は私に意地悪をいったりするようになったが、それは仕事でノイローゼになって、イライラしてるからだ、と思っていた。

でも「別れる」なんて言葉、いや、泥ゾウリを投げられたのは初めてだった。

冗談やないわよ。聞くほうにも、言葉をえらんで聞く権利があるわよ、と思いながら私はあと片づけをして、灯を消した。大阪のキタの灯が雨ににじんで見えるのが美しかったが、泥ゾウリの感触は拭いきれなかった。

稀は徹夜で仕事をしていたらしい。

夜中に私はトイレに起き、ついでに仕事場をノックした。

「むむ」

と稀は平静な声である。

「コーヒー、持ってこようか？」

と私も平静な声でいった。私のは少々演技力臭かった。

「たのむ」

と稀は、うわの空の声でいい、これは本当にうまくノッてる時の声である。コーヒーを持っていくと、顎だけ引いてうなずき、ふざけたりしない。

朝七時、私は稀がファクシミリを叩きこんでいる音で目を覚ました。稀は顔を洗い、一人でコーヒーを淹《い》れた。

「おはよ。できた？」

「うん」

なんて、もう完全に錯乱がおさまった声。

「あと一本書く。それで寝る」

「朝ごはん、どうする？」

「卵でええ。固茹《かたゆ》で」

コーヒーを持って静かに、稀は私に、

「雪、やで」

といった。

私は大いそぎでカーテンを払った。八階の窓から白布にすっぽり包まれたような大阪市が見えた。道路には雪がなく灰色のベルトだった。まだ雪はちらちらしており、しかしどことなく大ざっぱな、水っぽい、消えやすい雪だった。積ることはないだろう。

「ワオ。雪か。何着ようかな」

「ハダカでいてたらええねん」

と稀は仕事部屋へはいりながらいった。ゆうべの逆上を忘れたような声である。昼前に仕事を終り、それは私が書留速達で出しにいった。雪は氷雨《ひさめ》にかわり、道はぬかるみ、ブーツを穿いていたけど寒いのだ。

稀は夕方起きてシャワーを浴び、ヒゲを剃《そ》って、やっと生きかえったような顔で出て来た。腰にバスタオルを巻いたまま、

「おい、地中海料理の店へいこうや、イカの墨煮が食いとなった、オレ」

と上機嫌でいる。

「うん」

「そんで、十二指腸潰瘍《かいよう》になる」

といったものだから、私は思わず笑い出さずにはいられなかった。ずっと前、二人とも生れてはじめてお金持になって、生れてはじめてイカの墨煮というのを、レストラン

で食べた。そのあくる日だったか、もう一日あとだったか、稀は落ちこんで、ふさいでいた。どうかしたの、と私がいっても返事もしない。しまいに、家庭医学全集のページを見せ、

（オレ、十二指腸潰瘍になった！）

と泣き出しそうにいうのだった。私はすぐわかって笑ってしまった。私も同じ状況だったけど、私のほうはイカの墨煮との因果関係に気がついていたんだもの。

それはいまだに二人の間の秘密の笑い話になっている。

「墨煮を食べたら真ッ黒なうんこが出るなんて、オレ、知らんかったもんなあ」

とまだ稀はいいながら、シャツを着ていた。

「黒光りするようなヤツやった。てっきり十二指腸潰瘍や、と思て肝《きも》つぶしたよ」

私はおかしくて笑いながら、

「もう、ええわよ。笑うことできてよかった」

「オレはうんこの話ができてよかったよ」

稀はエネルギーがみちてきたのか、私がシャワーを浴びて出てくると、

「外へ出る前にちょっと楽しもか」

というではないか。

「おなか、すいたわ、帰ってからではまずい？」

「よけい、おなかをすかしたほうが、料理は旨いと思う」

なんて、こういうときの男を翻意《ほんい》させることは、とてもできはしない。ベッドで、

「きれいな、軀。写真にとっても綺麗やろな」

稀の暖かい手が私の胸からおなかをさまようと、いつも私は、稀が可愛くなる。好き、というより可愛い、という感じ。

「ヌードの写真といえばふしぎなこと、あるんだけど」

と私も稀の軀に触りながらささやく。

「あそこを隠してても写真とられるのは、恥ずかしいのに、もしお面をかぶってるとか、顔を隠してるというんなら、ハダカをとられても平気、ってトコがあるのはふしぎね」

「それはミッチイが淫蕩《いんとう》やからや。淫蕩の罰を与えないといけません」

稀はレースのスリップを私の顔にかぶせ、

「ほら、顔を隠したから、もう、何をされても平気、というトコやろ」

「隠さなくても平気よ」

「オレが恥ずかしい」

なんて、きゃっきゃっとふざけていちゃつき、そのあとで、しんみりと時をかけて愛し合って、それはとてもよかったが、でも私の心の底には、まだ、「泥ゾウリ」の胸さわぎはすっかり、おさまってはいなかった。

それがすっかり、なくなったのは、キタのビルの地中海料理「ダナエ」でエビやイカの墨煮を食べたあと、何度か行ったことのある北新地のバーへいったとき。

私はレモンイエローのレースのドレス、稀はまるで商社マンみたいな、ペンシルストライプの濃紺のスーツに身を固めている。私たちはレミマルの水割りをすすりながら、来週、稀が一日空くので、なんの映画を見るか、を話していた。

奥の席から四、五人の男が席を立ち、店を出ようとして、私たちを見、

「お。浅野稀やないけ」

と、聞えよがしにいった。

「ほんまや」

「結構、作家づらしとンな」

「あれで通るんやからな」

「但《ただ》しオンナノコにしか、な……」

ことに最後の捨てぜりふの口調がいちばんいやらしかった。稀をバカにしてるのはまちがいないが、稀の本を愛読している女性読者をもバカにしていた。

稀は顔色も変えず、じっとしていた。男たちは笑い声を高々と洩《も》らして、外に出ていく。

「酔ってるのよ」

と、私はいった。

「オレ、作家やからな。作家が暴力行為したら目立つ。撲《なぐ》ったろか思たけど」

と稀はいう。そうね、というべきだが、

「作家が何やのん。空手や柔道やプロレスの達人がケンカしたらあかんけど、作家やったら、撲ったってええ、と思うわ、あんな奴」

と私は男たちへの憤懣《ふんまん》のままにいってしまった。

「いえてる」

と稀はおとなしくいって、

「しかしほんまいうたら、怖かった。あいつら、ごっつい体しとったもん……」

私と稀は声をひそめて笑ってしまった。

「好きよ、マレちゃん」

という声が私は自然に出た。結局、稀と私は気が合うのだ。私はすっかり、泥ゾウリのことも忘れてしまった。

私たちは店を出て、御堂筋《みどうすじ》まで歩いた。小降りになっていたが、まだ氷雨が降っているので、コートのボタンをきっちり咽喉《のど》もとまで掛け、私は稀のマフラーを借りてあたまを包んだ。

「さっきの奴ら、アタイのこと、女のファンやと思たんかもしれへんね、ファン引っかけて、いう、嫉《や》っかみもあったんかもしれん」

私は、いまは、男たちの無礼もかえって面白くなっている。

「うーん。そういう手もあったな。若い美人の女の子と結婚する、という手もあった。早《はよ》うからミッチイと一緒になって損した。オレはまだまだ大物になるかもしれへんのにな」

「どーゆーことや、それは！」

私がどなったから、稀はおかしそうに笑ったが、またもや私は、小型の泥ゾウリを投げつけられた気がした。男と暮らすって、ほんとに綱渡り。さっきまで気分よくしてたのに。——

MMMMM……オーサカで恋人でいることはつらい。オーサカで打たれる氷雨はつめたい。

KOBE　春の嵐

1

私の立場は複雑で、微妙なところがある。

むつかしくって、おかしいところもある。

作家の浅野稀《まれ》夫人——として遇されるときもあれば、稀がちゃんと紹介しないので、どこか落ち着きわるく、もじもじしている客もある。

と思えば、稀が、

「ウチの秘書です」

と私のことを指していったとたんに、顔付きも物の言いぶりも尊大になって、

「あ、ちょっと」

と私に用をいいつけたりする人もあった。

そういうことは、その人の責任ではなく、そんな態度を誘い出した稀の責任である。稀は自分では冗談のつもりで、私を、「秘書です」とか「お手伝いです」「派出婦です」なんて人にいうが、冗談のようにみせた本音らしくもあり、本音かとたしかめられると、冗談やないか、と逃げみちを用意しているといった狡《ずる》さが臭《にお》っていた。

稀の私生活はナゾに包まれている――と思われるのが稀の営業政策でもある。それでインタビューや紹介記事にも、そのへんはおぼろにごまかすことになっていた。独身とも既婚とも書かれない。しかし若くみえる彼は、読者にあたまから独身と信じこまれるらしく、この頃よく舞いこむようになったファンレターも、妙に思わせぶりな文面があって、それは稀を喜ばせるのだった。

それでも、顔馴染《なじ》みになった首都の出版社の編集者たちは、私のことを「おくさん」と呼び、「先生はもう起きていられますか?」などと稀のことをいう。電話の受け答えがスムーズにいくというので、稀は、よく電話をかけてくる編集者たちには私を引き合せていたが、その時でさえ、「これ、蜜子といいます」という紹介の仕方をする。編集者たちは稀と私は入籍した夫婦ではないと知っていて、それでも私を稀の妻として扱っている。業界の内々の情報では稀は女房持ちの男だと知られているらしい。

しかし文壇以外の世界、学生やら（大学の文化祭で講演してくれという依頼がよくくる）女性サークルの集会やらでは、稀は、独身で売れっ子の作家で、写真うつりのすてきな、女の想像力をかきたてる陰影のある男、と思われるようである。

「独身、いうほうが、そら、モテるからなあ。トミタ・ジュンみたいな家族写真出して小説売れるかい、ちゅうねン」

稀は人のワルクチをいうとき、生彩を帯びた表情になる。瞳《ひとみ》に力がこもり、恰好《かっこう》よく引き締った唇に、抑えかねる得意げな笑みが浮ぶ。富田純は私小説作家なので、私は彼の一家の写真を見るのがきらいではなかった。富田純の小説に出てくる夫人や、二人の子供の写真にも興味があった。もし彼の小説のファンだったら、そういう写真を見たからよけいに彼が信じられ、彼の文学が好ましく思えたに違いない。そんなことが私のあたまに浮ぶような写真だったが、稀は小さい子供を抱いた富田純の写真を、ぼろんちょんにけなすのである。

稀の営業政策だったらしかたないようなものではあるけれど、私にしてみたら、独身だろうが、女房持ちだろうが、そんなことで人気に影響するなんて、

（はかないなァ）

とはじめは思っていた。

（小説が面白ければ、どっちだって、読者は気にしないんじゃない？）

と思ったのだ。

ところが稀にいわせると、

（イメージいうもんがありますなあ）

ということである。

（小説プラスイメージ。付加価値が生れると、人の心をそそる。オレはイメージをつくり、つくったイメージを裏切れなくなりましてねえ）

私はいった。

（イメージはわかったからさ、入籍をちゃんと考えられたし）

それはいつも私たち二人の楽しいお遊びだった。私自身は入籍とか同姓とかの形式に拘泥《こうでい》していなかった。五年、共棲《ともず》みしてることの重みは、いまのところ考えられなかった。

いつだって稀と私は、気の合う仲間だったし、おかしがるモノやコトも共通してたし。何より、忙しすぎた、この三年！

稀は一夜あけると有名人になっていた。そういうとき、有能なヘルパーがいないと、仕事ひとすじにかまけていられないのだった。

締切《しめきり》につぐ締切で、稀は、大洋のまっただなかへ、自分の才能という、ハカナゲなしろもの、小さい流木の一片につかまって乗り出したのだった。いや、押し出されてしまったというほうが正しい。そういうときに、だ、水、とか食料とか、向うに島影が見えるとか、潮流がかわったとか助言してくれる相手がいると、漂流者も、かなり気分的にたすかろう、ってもんじゃない？

——いや、そういう言いかたは正確ではない。

私のほうが面白がって、稀の運命の急変に手を貸していたのだ。それで私も、二人の関係、ということまで考えるヒマもなかった。

いま、ようやく稀は自分の運命に馴れ、そうなるとたやすく、生れたときからこんなふうに仕事と金に（ついでに女に）恵まれていたように思いこむようであった。私がそばに居るのにも馴れてしまったのかもしれない。

そのくせ、「女房です」と人に紹介するのは、なぜか馴れないらしい。でも、私も稀と一緒に、そんな関係をおかしがっていたのだ。

ただしかし、おかしくてむつかしいところがある、というのは、たとえばこんなときである。

夕方、私と稀は、外へ飲みにいこう、としていた。半徹夜が三晩つづき、やっと仕上ったあとなので、稀は、体はへとへとだが精神が昂揚《こうよう》してるというときだった。私が用意した食事（いろんなものを詰めた松花堂弁当だった）をすませたあと、急に彼は、

「オイ、キタへいこや。いや、ミナミにするか、ちょっと外で飲も」

といった。これは中程度の昂揚だな、と私はわかった。もっと苦しんで惨憺《さんたん》たるていたらくで、息も絶え絶えに仕事を仕遂げたあとは、そこまで追い詰めた運命にまるで復《ふく》

讐《しゅう》するように、稀は不機嫌になる。その精神の昂揚は、かなり過激な、自虐的なことによってしか、鎮《しず》められないみたい。——ぷいと出てしまって、深夜か明け方、泥酔して、女の香水なんかジャケットの衿《えり》に染ませて帰ってくるのだった。

しかしその日は私を誘う程度の昂揚感だったようだ。

「うん、ええよ」

と私は大喜びでいった。白いセーターに白いコットンパンツ、このセーターは、稀と共同で着ることがあるので、少し私には大きい。千鳥《ちどり》格子のジャケットを着た。稀は黒いセーターで、これも私と共用するダウンパーカなんかつかんでジョギングシューズを穿《は》いた。そのとき電話で呼ばれたのだった。首都の編集者が、いま、「ウチダ先生とキタのバーにいるが、浅野サンもよければ一緒にどうかと先生がおっしゃっていますので」と遠慮がちな誘いである。ウチダ先生と聞いて、稀はたちまち声色が変り、

「行きます、すぐ、すぐ行きます。いやーちょうど出ようと思ってたトコでして」

と店の場所なんか聞いていた。そして電話を置くなり、大いそぎで服を着更え、ネクタイを締め、やたら上《うわ》ずってしまっていた。ウチダ先生というのは首都の高名な作家で、文壇の有力者で、いくつかの文学賞の審査員をしている人である。稀は東京でその人にあい、それも古風に勿体《もったい》ぶっていうなら、「知遇を辱《かたじけな》くした」という感じで、知り合いになれたことを得意にも誇りにも思っているらしかった。

そのセンセイから、「浅野クンに会いたいね」といわれたと聞いて、稀は、犬っころのように転がって会いにいく、というわけである。

私はウチダ先生の作品を読んだこともある。わかりやすくて面白いと思ったが、男の読者向きで、私はもっと女が喜んで読むラブロマンスがいいのだ。でも私も、高名な作家の実物を見たかった。

「アタイは着更えなくていいかな」

といったら、稀は驚いたように、

「オマエも行くんか?」

といったから、私の方が驚いた。稀は自分一人で出かけるつもりだったのかしら?

「いや、向うは予期してないかもしれへんから……。オマエ連れてくの」

「どうせ、ウツクシイお姐《ねえ》さんたちのいっぱいいるバーでしょ、アタイが混ってたかて、わからへんやないの、ウチダ先生の顔、見たい。アタイ、離れてるから」

「そんならよい、連れてったる」

そのバーは、キタのはずれにあった。新地本通りの突き当りのビル、正面の大階段をのぼってもエレベーターでも行ける二階だった。

ドアを開けるとぎっしりの人で、それも、店の女たちが三分の一以上いる感じ、黒い蝶《ちょう》ネクタイのボーイさんに案内されていく途中、私は稀にささやく。

「ねえ、なんで男の人って、こう女の人のいるところが好きなの？　男同士だけで飲まれへんの？」

「そんなことしてみい、すぐケンカになる。男だけでしゃべることあらへん、じきに話、とぎれてしまう。女が混ってると、ふしぎに話が交せるねんな、スムーズに」

「そんなもんかな」

「バーに女は必要不可欠です」

稀も機嫌よくささやいていた。高級バーらしく、年輩の客が多く、たまに若い男がいても、それは偉いヒトのお伴らしかった。私はクロークでジャケットをあずけてきたので手ぶらだった。ごく小っちゃな巾着《きんちゃく》型ポシェットを、パンツのウエストベルトに吊るしているだけ。私は稀といっしょに外出する時は財布を持ち歩かない習慣なので、小さい袋にはルージュと鏡とハンカチしか入れていない。それで稀のうしろから、あちこちを面白そうに眺めてついていく私は、ひょっとして、客が見れば、

（この店の、女のひとりに見えないかしら？）

と思ったりした。私はこんな商売もいいなと思っていた。

女たちは、スーツとか、ワンピース、中にはブラウスにスカートといった、ＯＬと違わない服装で、化粧《メイク》もそんなにけばけばしくなかった。町を歩いている子のほうが、もっと矯激《きょうげき》な恰好をしている。

ただ、年かさらしい女たちは、着物を着ていた。老《ふ》けた女ほど顔立が整っていた。ウチダ先生のまわりには、着物の年かさ女たちと、ワンピースの若い女たちが半々ぐらい、いた。編集者が二人ばかり、私の知らない男の顔も見えた。稀は皆に喜んで迎えられた。しかし例によって私を紹介しないので、私はグループから一番離れた椅子《いす》に坐って、ウチダ先生をこっそり見た。

写真で想像したより小柄で、痩《や》せていて、眼鏡の奥の眼は鋭かった。笑い顔も渋くて、気むずかしそうである。どんな欺瞞《ぎまん》も演技も見抜きそうな眼だったが、何となく、下着の清潔そうな紳士、という印象を受けた。これは私の評価の中では、わりに高いほうである。

それで、私は、ウチダ先生に、稀が気に入ってもらえればいいな、などとぼんやり考えていた。

「何を、あがりますか」

と突然いわれて私はびっくりした。

中年の男が、いつの間にか私の隣に坐って飲みものを聞いていた。みんなはレミマルの水割りを飲んでいると聞いて、私もそれにしてもらった。

中年男は、小説家でも編集者でもない、と自己紹介した。

「内田の友人です。大阪へ来ると、内田、僕を呼びよるンですワ。いや、たいてい、二人きりで飲むことになってるんですが」

といって、

「おたくは浅野さんの……？」

そう聞かれたとき、私は、むつかしくておかしい立場に立たされてしまったのだった。

「あたし、浅野稀の、何になるんでしょう、彼に聞いてこないと、一存でお返事できないの」

中年男はじっと私の顔をみつめていた。

彼はハンサムではないが、表情が柔軟で、見やすい顔である。とくに眼がいい。やや垂れ眼で、目尻の皺《しわ》が、どんなことを聞いても驚かぬ、というふうに寛容にみえた。それが私の舌をかるくさせた。

「つまり、あの、彼が、あたしのことを妻です、っていえば、妻なんです。それとも、お手伝いですとか秘書です、とかいえば、そうなんです。ちょっと聞いてきましょうか？」

「すべて、男にとって女房というのはそうしたものではありますがね。その上に、忠告係、というのも加わりますなあ」

「忠告係？」

「そうしなさい、とか、それはしてはいけません、とか。女房というのは、そうしたもんですなあ」

彼は私が、冗談で「聞いてきましょうか」と言ったと思い、折に合うエスプリだとおかしがってる風だった。

しかし私にしてみると、本心でいっていたのだ。私は稀が、こうこういう役割で、と演出してくれたら、どんな風にでもお芝居できる自信があった。

しかし彼は私を、稀の妻だと思いこんだ風で、

「ご主人は人気がありますね。うちの女房《よめはん》も愛読しとるようですよ」

とお世辞をいってくれた。私は礼をいって二人でグラスを乾《ほ》した。稀を目で捜すと、ウチダ先生と意気投合してるみたいで、熱心にしゃべっていた。あれだけ熱情こめてしゃべれるのは、自分の小説が話題になってるんだな、と私は思った。

「あなたはエレガントなかたですね」

とまた、男はいった。私が稀を見ていたあいだ、彼は私をじっと見ていたようである。

「は？　そんなこと、考えたこともありませんでした」

私は狼狽《ろうばい》して、彼が弄《もてあそ》んでいる皮革の煙草ケースに目をつけ、

「一本下さいませんか」

といった。エレガント、なんて私の生活次元の中にはない言葉なので、とてつもなく皮肉をいわれたように恥ずかしくなり、もしそう思われたのなら、その認識をうち破ら

ねばならぬという気がして、煙草をふかしてみたくなったのだ。彼はライターをつけてくれた。

私が最初の一服をふかぶかと吐き出すと、彼は、

「いや、エレガントですよ。エレガントというのは、何でもはじめて出くわす、というような、慣れぬ風情《ふぜい》でいることをいうんです」

「ふーん。もの慣れているのをエレガントというのやと、あたし、思ってました」

「まあ、そういう場合もありますがね」

「言葉もわるくて、あたし」

私は片手の人さし指を口元にあてた。

「エレガントなわるい言葉、というのもあります」

彼はどうしても私をエレガントにしたいようだった。私は話題を変えようとして、

「奥さまもエレガントなかたでしょうね」

「家内は」

といったとき、男は呼ばれてふりむいた。

ウチダ先生や稀は立ちあがっていた。次の店へいく、というらしい。稀は目立たぬように私のそばへ来て、

「先に帰ってる？」

といった。それは、先に帰れ、ということだった。私もそのつもりだった。ウチダ先生は遂に私には気付かず（あるいは気付かぬ風をみせて）取り巻きの編集者たちと一緒に、もう出口へ向っていた。

彼らのために車が呼ばれてあった。稀が先生につづいて乗りこむのを、私は階段の上から見、それから下りて、新地の通りを御堂筋《みどうすじ》へ出た。タクシーを呼びとめようとしてフト気付いた。巾着型のポシェットに財布がないのだ。マンションで払ってもいいけれど、歩いたとしても、二十分か三十分くらい。

ぶらぶらと歩きかけたら、車道に車がついと寄って、車の窓がするする開き、

「乗りませんか」

というのは、さっきの男だった。

「僕も切り上げてきました。——酔いは醒《さ》めてます。大丈夫ですよ」

「近くなんですの、あたし」

「送りますよ、まだ夜風は冷いし」

「そうね、春の風邪《かぜ》なんてエレガントやありませんものね」

それで二人とも笑ってしまって、私は彼の車に乗った。新しくはないが、生活感のない車だった。それは女や子供の乗った形跡がない、ということである。仕事だけに使ってる車かもしれない。

「すぐ帰りますか、それともドライブでもしますか、少し……。ご主人はちっとやそっとでは、お帰りにならんと思いますがなあ」

男の口調には、親愛をこめてなぶるようなものがあり、それは私には不快に聞えない。何より目尻の皺がいい。

2

車は、神戸へ向っている。

「神戸で飲みませんか？」

と男が誘ったから。

「二次会でまた、ご主人と鉢合《はちあわ》せする、というのも冴《さ》えませんし。僕は、もう帰ると内田にいうたから、こっちも会いとうない」

と彼はいって、昔の体験談をした。男の友人と飲んだあと、それじゃ、というので右左に別れたが、北新地のどまん中でばったり、めぐりあってしまった。どっちも女連れ。大阪も広いのに……と彼は思ったが、仕方ないので、「お、元気か」といったら友人も、「よ。近いうち飲もか」といったそうである。

私は笑った。男の声は、近間《ちかま》で聞くせいだけでなく、ひびきがよくて耳に入りやすい声質だった。四十五、六かしら？

横のシートに並んでしゃべっているほうが、彼の顔を「感じる」ことができた。表情の豊かな、率直そうな（これは頭がわるくないことを示す、と私は思っている）そのわりに意志的な顔である。胸腔《きょうこう》はよく発達して、がっちりしており、重そうな四肢だったが、物腰はあんがい軽い。運動でもして、筋肉を使いこんでいるのかもしれない。ついでに舌も軽かった。

というより、愛想のいい男で、大阪ニンゲンらしい「商売人のカン」みたいなものがある。

「尾瀬《おぜ》、いいます」

と自己紹介をして、ハイウェイの入口で車が一、二分渋滞したとき、名刺をくれた。それで見ると、不動産会社の社長である。

「いやあ、親の遺《のこ》してくれたもんで商売してるだけですワ」

男はそういって神戸線へ車を乗り入れた。奈良の奥が彼の出身地で、そのあたりから南大阪へかけて土地売買の仲介をしたり、家を建てて売ったり貸したりという商売なのだそうである。いまは中々家が売れない、しかたないので貸家にしたら、いっぺんにふさがってしまった、というような話を、飾りけもなくする。彼の家は旧《ふる》いそうで、村も尾瀬村という。

兄がいて、生家を守っているが、この兄の仕事といったら、毎朝夕、広大な邸《やしき》の雨戸

るが、

を開けしめして、伝来の家宝の書画骨董《こっとう》を管理するだけ、合間に大学の講師もやってい

「よう、あれで生きとる、思うワ——ま、誰ぞ、そういう人間がいてくれんと困るわけですが。僕らやったら、あんなしんきくさいこと、ようしまへんワ」

と距離のある言いかたをする。といって、そこに悪意はなく、さらさらした肌触りである。要するにこの男は、

（水——みたいなんやわ）

と私は思った。

濃縮した酒のように酩酊《めいてい》度の深い稀とちがって、この男の味は淡泊で無味で、そのくせ涼《すず》やかに咽喉《のど》を通る水のように思われた。でないと、初めて会った男のとなりに坐って、ドライブなんてできないもの。

それにしても、男の話は飽きなかった。彼の田舎は古代の古墳が多い地方なので、農家の爺《じい》さんらが畑を掘っていると、よく曲玉《まがたま》なんかが出てくる。それを孫のオモチャにしたり、煙草入れの根付《ねつ》けにしたりしていたというのである。私は興深く思って、

「あら、それはお役所に届けないといけないんやありません？　文化財保護委員とか何とかの人に——」

「昔のことですがな。今はもう、村の者《もん》にもそれはいきわたってますがね。うちの村の

爺さんで、凄《すご》い大きな翡翠《ひすい》の曲玉を根付けにしとるのがおりました。兄貴が目ェつけてたんですが、爺さんが死んだとき、ひとあし先に大阪の好事家《こうずか》に買われました。皆、目ェつけとったんですな。――ガラスの曲玉が、ウチの庭から出てきたこともありますよ」

「まあ。それはありますの？　いまも」

「あります。兄貴のコレクションに入ってます。いや、兄貴はべつに考古学の専門家やないんですがね、趣味で蒐《あつ》めて喜んどりますよ――ともかく、あのあたりは、掘ったら何出てくるやわからん、歴史そのものが埋まっとるような所ですからなあ」

「飛鳥《あすか》――のあたりですか？」

「いや、もうちょっと西ですが。農閑期になると大学の考古学の学生さんが来て田圃《たんぼ》を掘ってますワ。あれもえらい商売ですな」

「――曲玉のコレクション、見たいわ」

「いつでもご案内しますよ、喜んで。しかし別に綺麗《きれい》なもんやありませんよ。中には、触っとると崩れて粉になって、しまいに煙になって消えるもんもあるそうです。昔の人間が肌身につけてたものでしょう？　そんなもん、煙になって消えるほうがよろしいねん」

「そうかなあ」

がよろし」

「思い出やら記念やら、証拠やら証明やら、そんなもんはみな、煙になって消えるほうがよろし」

「おやおや」

「あるのはいまだけ。現在の充実だけ、ですよ。見なさい、綺麗な灯。曲玉よりずっと綺麗でっせ」

黒々とした山肌にびっしりと吹きつけられたようなビーズがちかちか光っていた。神戸が近くなって山手の灯が見えたのだった。

ほんとに、いつ見ても神戸の灯は感動する。

神戸は大阪から遠くて、夜間でも車だと、時間はたっぷりかかる。それで、稀とは中々来られないのだけれど、私も稀も、神戸が好きだった。二人とも貧しいころ、三《さん》ノ宮《みや》でスパゲティなど食べ、

（いつか、お金持になったら、オリエンタルホテルに泊って、海と山の灯を見ながらワインを飲もうね）

なんていっていたが、そのぐらいの余裕ができた今、稀は物凄くいそがしくなって、とても行けない。もっとも私とでない誰かと行ってるかもしれないけれど。

私は窓からさまざまの色ビーズのような灯の塊《かたま》りを楽しんだが、それは防音壁ですぐ遮《さえぎ》られてしまった。

「灯のみえるバーへ行きましょう」

と尾瀬サンは慰めてくれた。尾瀬氏にはとても優しい手触りがあった。それは稀にはない、ある種の郷愁のようなもの。

私は、(やさしさなんて、この世にあるの、忘れてたわ)と思った。稀との生活は楽しいけれど、やさしさ、なんて要素はなかった。もし、やさしさというものがあるとすれば、それは私が稀に与えつづけているものだった。稀の健康に留意し、仕事のアシスタントをつとめ、おいしい食事、おいしいセックスを用意して、彼に快適な暮らしをととのえてやること。彼の仕事がうまくいかなくてイライラしてるとき(「別れたい!」なんて叫ぶとき。それを、私が傷ついてるのも知らず言い放つとき)私は傷ついてない顔をして受け流してやる、それは、やさしさではなかろうか?

稀がそのかわりに私にくれるものは、

(面白さ)

だった。私にとって稀は、いつも面白かった。でも、やさしさではなかった……。

「しかし、あんたはエレガントですよ」

とまた、尾瀬サンはいった。けれどもさっきと違っているところは、もう、「あなた」ではなく、「あんた」になっていることだった。関西弁には「あなた」という語はないので、たいてい「おたく」で代用する。親しみをあらわそうとするなら「あんた」になるのだった。それで私も、心の中では「尾瀬サン」ではなく「尾瀬」になりそうな気配があった。

「どうしてそう、お思いになりますの？」

「無口やから——。アホで無口なんや無《の》うて、心の中ではすごいお饒舌《しゃべり》してるというのがわかりますね、いま考えごとしてたでしょ」

「ハイ」

「無言のおしゃべりの波がこっちへ押し寄せるのがわかった」

「ふふふ。尾瀬サンはおしゃべりのほう？」

「僕？　男にしたらしゃべるほうでしょうな。ま、仕事は、これは、しゃァない、舌一枚でメシ食うとるようなもんですからな。しかし、家庭《いえ》でもしゃべるほうでしょう」

「じゃ、奥さまはラクね、無口でもいけるわけでしょ、それとも両方がおしゃべり？」

「うーん。そんなん考えたこと、ないけどね。ただ、ウチの女房《よめはん》のしゃべりと、僕のしゃべりとは、波長が合わんね」

「おしゃべりに波長があるなんて知りませんでした」

「ありますな。嚙《か》み合わんのですよ。ウチの女房は……どういいますかね。よくやるほうで、何でもピシッと家のことも子供のこともやるほうですが、よくやる自分に自分で満足してるトコがありますなあ」

わかる気がしたが、私は発言をさし控えて耳を傾けていた。

「自分のすることを、自分で高く評価してる人というのは、これは、一緒に生きてるモンとしてはやりにくい」

私は笑ってしまう。

「どッか、二重構造の人間みたいに思えてね、それが何となく、しっくり来《け》えへん。——生きてる人間の気がしない。よくやるが……あの、市役所なんかに近頃は『すぐやる課』というのができてますね」

「ハイ、ハイ」

「ウチのは『よくやる課』なんですよ」

「おかしい」

「あれは小説の読みすぎかもしれん。頭でっかちになって、現実的ではないのかもしれませんな。それで『よくやる課』を運営してよろこんでる——おたくの旦那《だんな》サンは」

「あたし、ほんとは……」

と、私は稀との関係をしゃべってしまった。同棲して五年だけど、「忙しい」ので、まだ入籍はしていないってこと。この男の雰囲気《ふんいき》は、告白衝動を誘い出すところがあるのだった。

「ふーん。ま、どっちでもエエけど、形式をバカにしてはいけませんなあ。若い人は形式を軽視するけど、あれで中々、カタチ、というものは馬鹿にできんところがありましてね。世間のきまり、というのも、いうにいえぬ深い味もある」

尾瀬サンがいうと、ただのオジサンにいわれたのと違って、ほんとに「いうにいわれぬ深い味」に思えた。と思うとくらりと意見が変る。

「まあしかし、結婚もええかげんなもんでね。それに、結婚というのは、男なら、カシコでもアホでもできるが、女の人は、かしこくてはできにくい所がある。かしこい女は、(なんで私が、こんなこと、せんならんのか)あるいは(言わんならんのか)と思うこともあるに違いない」

尾瀬サンの口調には親愛をこめた揶揄《やゆ》の気分がある。私は挑発《ちょうはつ》に乗らないで、

「じゃあ、アホな女はどうなんでしょう」

「アホな女はいちばん結婚しやすいんですよ。阿呆《あほ》女ほど、結婚に向いてるもんはない」

私はついに、けたたましく笑ってしまった。しかし尾瀬サンのほうが、もっと、楽しそうだった。

「ああ、こんな、おもしろい晩は、はじめて。大阪・神戸間、車走らして、しゃべりづめで退屈せなんだ、なんてはじめて！」

といった。とても楽しそうな口吻《こうふん》で、それから、稀と違うところは、

「おおきに。ありがとう」

と私に礼をいう点である。尾瀬サンの、中年男でないと持てないような率直さ（それは人生に自信があるからだろう）が感じられた。商売人の如才《じよさい》なさ、からくるものよりも、何だか、かなりいろんなことをして生きすれてきて、かえって純真になってしまった、というような男の人生を想像させた。

車は静かにハイウェイを京橋で滑り降りて都心《ダウンタウン》へ入った。右折すると、もう左手は海で、ランチが岸壁の街灯に照らされ、ひしめいて揺れていた。

「ポートアイランド、と思《おも》たけど、あそこは昼間から夕方がええところでしてね、こんどまた行きますか、今日は山側で」

信号を越えてそのまま、まっすぐにいくと、もう、オリエンタルホテルだった。このホテルは地味な外観で、あたりのビルの中にしっくりおさまり、目立たないのが大人っぽくていい。

「ここの上は、山と海の灯が見えるから」

と尾瀬サンはいって、車をドアボーイに任せると、エレベーターのドアを開けて私を先に入れた。昇天する箱の中で、よく知らない男と二人きり、なんて久しぶりだった。私は稀の細いわかわかしい長身が横にいるのにしっくり慣れていたので、がっちりした矩形《くけい》のような体つきの中年男と寄り添っているのはめざましく珍らしかった。セクシュ

アルな感動とは違うが、目新しいお遊戯ぐらいには新鮮だった。しかし私は何くわぬ顔をして、

「こんな恰好してきちゃった」

とつぶやいた。尾瀬サンはまた慰めて、

「いいですよ、思いついたまま、というのは、いちばんエエ恰好なんですワ」

「財布もなしに」

「よけい、よろしいなあ、あんた、僕からもう、離れられへん、一人で帰られまへんデ」

と尾瀬サンは笑った。私もくつくつ笑って、

「楽しいわね、わるいけど」

「わるいことは、クセになるもんです。わるいから楽しいのでね」

私は返事しようとして、言葉を奪われた、感動のあまり。ちょうど、私たちは十一階の「スカイレストラン」へ足を一歩、踏みこんだのだった。室内はやや暗いけれど、四方の窓はフロアから天井まで灯だった。右手の山側も、左手に拡がる海も、ビーズ玉や黄金《きん》の泡粒《あわつぶ》でびっしり飾られていた。灯の輝きがこんなに強く、こんなに固まっているなんて、はじめて。ガラス窓を通して手に取れそうな灯の連なりである。

予約してないので窓際ではなく、まんなかぐらいの席だったけど、そのほうがよかっ

た。窓ガラスに自分の顔が映る煩《わずら》わしさがなく、身のまわりの街の灯と海の灯が眺められるのだもの。

私は言葉もなかった。ずっと灯に目を当てたまま、冷いティオ・ペペを飲んだ。稀と一緒に見るはずだったこの眺めを、見知らぬヨソの男と見るなんて、思いも寄らなかったけれど、しかし美しい眺めそれ自体は、ややこしい思惑から解放されて美しいのだもの。

「まるで、灯を着てるみたい……」

と私はためいきをついた。

尾瀬サンは、空腹になったといって、お箸《はし》で食べるフランス料理の懐石を食べていた。私の前にも運ばれたけれど、私は灯のビーズ刺繍《ししゅう》に胸がいっぱいになって、食べるよりも、のぼせた眼でまわりを見回すばかりだった。灯のつづれ織りを、はだかの肩にうちかけたみたい……そう思って、ふと気がついた、私は今日、稀の下着を身につけてるんだわ。

稀は下着を自分で買うが、冬に、とても暖かい、シルクのパンツを穿く。これはざぶざぶ洗えるのだが、カシミヤのように暖かくて肌ざわりのいいことといったら。それにゆったりしてるようで、ぴっちりと肌に吸いつき、こんな具合のいいのは女性用のパンティには売っていない。で、ちょいちょい、稀のを借りるわけである。

男ものの肌着を身につけただけの、はだかの肩に、この灯の重い衣裳《いしょう》を、ぞろっとひっかけることを想像したら、顔が赤くなってしまった。

尾瀬サンは、たびたびここへ来るのか、蝶ネクタイの男の人と心安く話して、今日の魚がどうのこうの、とゆっくり楽しんでいた。

そうして、

「車はこの街の、友人にあずけときますから、タクシーで送りますよ。ちょっと三宮の盛り場でいっぱい飲みませんか」

といった。そして暖かい率直な微笑を見せ、

「いやや、いうても、あんた、財布ない人やから、僕について来なければしょうがない」

というので笑ってしまう。海岸通りのオレンジ色の灯を背中にして、私たちは海風に追われるように盛り場へ歩く。大丸の信号を越えると、突如《とつじょ》、という感じで真昼のように明るいトアロード、左は元町通りである。オリエンタルホテルのある浜側は、旧居留地の古いビルが並んでいるので暗いのだった。

尾瀬サンは町を楽しむように、ブーラブーラと歩く。酔いのせいか、風も冷くなくて、私もいい気持だった。

突然、私は向い側の道路、それは春先の夜を楽しむ人々でいっぱいだったけど、そこ

に稀を見つけた。彼はさっきの編集者二、三人と、それに内田氏は見えないが女が一人いた。

私は思わず尾瀬サンを引っぱって立ち止まり、彼の軀《からだ》を楯《たて》のように隠れてしまう。尾瀬サンは（鈍い男ではないと思うのは、そんなところだ）私の視線と意向をスグ察して、私の背中を押すように横丁へはいり、何だかまたもう一つ横丁を回って、酒場らしい店の木のドアを押した。鰻《うなぎ》の寝床《ねどこ》のように細長い店で、彼は私の背中に手を廻したまま奥へ進み、

「おやおや、ご連中も神戸まで来てたとはね。しかしなんで声をかけなんだのですか」

なんで、反射的に身を隠したのかしら。さっき、「わるいことはクセになります」と尾瀬はいったが、（これもやっぱり、尾瀬サンから尾瀬になった）稀を見つけあわてて隠れるのもクセになるのかしら？　しかし今夜はそうした方が私にとって自然だったのだ。ここならもう見つからないと思うと、私はスツールに坐って、わくわくして注文した。

「ワイルド・ターキーあります？　ロックで」

――今日は楽しく酔っちゃいたい。

ふと気付くと、尾瀬の右手は、私の左手に重ねられており、微笑を含んで彼はいう。

「エレガントなあわてぶりでしたな」

3

「小川嬉々《きき》でしたな」

と尾瀬はいった。彼の手はさりげなく、私の手から離れていた。

「は？」

「さっき、ご主人といた女ですよ、タレントの。テレビで見られたこと、ないですか？」

「あ。キキ」

と私はいった。深夜番組とか、クイズ番組なんかで見たことがある。ハーフみたいな顔立の若い女で、陽気でずいぶん、賑《にぎ》やかな女だった。大阪弁でしゃべるので、そこに特徴があったが、女漫才師と違うところは、嬉々がびっくりするほど美しい女で、それが荒っぽい大阪弁を使うところに、一種凄愴《せいそう》な風情があり、妙な魅力を醸《かも》し出している点だった。

しかし私は彼女のことを、（優越感や軽侮《けいぶ》とは関係なく）

——タガのはずれたような育ちかたをしている。

と、思っていた。ひょっとしたら、アナーキスト風な、貧しい生れかもしれない。彼女の使う大阪弁にはそんな匂《にお》いがあった。

そして、その声。がらがらした、かすれ声。

そう考えたとき、私は気がついた。

いつか、稀にかかってきた電話、あの高飛車な横柄な電話、「稀さん、出して」という指図がましい女の声。「税理士よ」といったあの声は、テレビで聞く嬉々の声と同じではないかというカンが閃《ひらめ》いた。かすれ声で雑駁《ざっぱく》な、息のつぎかたの下品な声だった。容姿は本質を隠すが、声は隠せない、という無残なところがある。もっとも私は、テレビで見る限り、そういう破滅的魅力のタレントを面白がっていたのだけど――。

（そうか。キキだったんだ。あの声は）

と私は思い、また、

（そうかあ……）

と納得した。こういう時の女のカンについて合理的に説明することはむつかしい。しかし、その推測がまちがっていないという、カンも働く。パズルがぴたっと嵌《は》まった感じだった。そうか、とまた私はうなずいた。稀はいつか、テレビの深夜番組に出演させられたことがある。その司会のアシスタントは毎年かわるのだが、あのときは、小川嬉々だった。きっかけはあのときかもしれない。

「ほら、ほら……」

と尾瀬はいった。

「またまた、無言のおしゃべりをする……」

と彼は私の肩に手をかけて引き寄せるようにした。稀以外の男の手が触れることはないので、私の感覚は肩にあつまってしまった。

尾瀬は鈍い男ではないらしくて、手を離して、

「なんや、指紋がつきそうで、あんたに触るのは、憚《はばか》られますなあ。あんた、ガラスの罎《びん》みたいなトコがあって、触ったら指紋つけへんか、いう心配がある。壊れる心配どころの騒ぎやない、指紋つけても、大ごとや、という、こう、何や敬虔《けいけん》な気がしてしまう」

「指紋のつきやすい女？」

と私は笑ってしまった。私もいろいろ男に嬉《うれ》しがらせをいわれたことはあるけれど、「指紋つけへんかと心配」なんていわれたのは、はじめてで、それはいい気分のものだった。キキと稀のことなんか、忘れてしまった。

それにしても、なんでワイルド・ターキーというお酒は、こう涼しいのだろう。液体の音楽みたいなところがある。さらさらして、そのくせ急所を押えてる、カンのいい男、というような酒である。これをロックでやる味をおぼえてしまったら、もう、デリケートなワインへあと戻りできない。私が寝しなに読む推理小説なら、先にデリケートなルース・レンデルを読み、ついで荒っぽい古典のダシール・ハメットなんか読む、それで

もやっぱりデリケートにはデリケートのよさがあると、それぞれの魅力はみとめるところだが、お酒だけは別だった。昔、稀と二人で貧しかったころは、安ウイスキーをこよなく美味《おい》しいと思って、二人で大切に飲んでいたのに、いまは（頂きものもあるけれど）棚には多種類の高価なウイスキーやブランデーやワインが「コレクションの楽しみ」という感じで詰めこまれているのだった。そしていろんなお酒に酩酊《めいてい》して（あるいは金持になって贅沢《ぜいたく》に酩酊して）そのあげく、ワイルド・ターキーにたどりつき、それに溺《おぼ》れてる、というような惚《ほ》れこみかたである。私はまたひとくち、すすり、

「ああおいしい」

といっていたら、尾瀬は私の手のうちのグラスに目をとめて、

「まだ若いのに、そんなに『行き止まり』みたいな声を出したらいけませんな。もっと貪欲にならんとダメです。そう簡単にいうてはこまる、『ああおいしい』なんて言葉は」

「じゃ、どういうときに出しますの？」

「無論、行き止まりの声というのは、好きな人と寝たときですよ。そういうときに、『ああおいしい』と声が出る。これこそ究極の声ですな」

尾瀬は、やや垂れ目の、魅惑的な目尻の皺を一層深くしながら、私をやさしく見て、

「そういう声を出した記憶がありますか」

といいながら球型のグラスを揺すっていた。

彼の手のうちにあるグラスの液体は濃い琥珀《こはく》色だった。彼が揺すりたてるとブランデーの香気がたちのぼり、煙のように、彼の青っぽいペーズリー模様のネクタイにまつわって消えやらぬように思われた。

私はチラと彼の胸もとを見て、

（あたまを凭《もた》せかけるのに、ぴったり、というような、よりかかりやすい胸幅じゃない？）

と思っていたが、何くわぬ顔で、そんなことは色にも出さなかった。

「ありますわ、もちろん。だから、稀と一緒に棲《す》んでます」

「それはよかった」

「尾瀬さんも？」

「僕は——というより、男は中々、行き止まり、ということになりまへんのでね。行き止まりかな？　と思うてても、すぐ、『この道、通り抜けできます』となってしまう。しかし、それはそれなりに通り抜けの花道を楽しんでますよ」

「造幣局《ぞうへいきょく》の通り抜けみたい」

二人で笑ってしまう。大阪では、春のラストの花見の名所は大川沿いの造幣局である。この中に八重《やえ》桜の桜並木があって、花盛りのときは開放される。混雑防止のために、一方通行なので、大阪では「造幣局の通り抜け」といって、市民に愛されている。もう、百年来からの花見である。

私たちは「行き止まりの声」に乾盃《かんぱい》した。それから、今までの人生に持った、「すてきなデート」の思い出を話し合うことにした。

私は、十七のときだった、高校のクラスメートに好きな男の子がいて、その子とはじめてデートすることになった。梅田から二人で地下鉄の難波《なんば》の駅へ出、（ミナミで映画を見ようということになっていた）その日はたいへんな人出だったので、私たちははぐれないようにするのに精一ぱいだった。両方で気遣うために、かえって見失いがちになるのだった。

「手ェつないでたらよかったのに」

尾瀬はこともなげにいう。

「ええ、そう思わないことはなかった、でも、どうしてもあたしから、手を出せなかったの」

私は液体の音楽を、またひとくちすすって、舌の熱を涼しくさましてから、

「とうとう、はぐれてしまって一人でうろうろしてたの。そしたら、後から、ぽんと肩を叩《たた》かれて、あたしはてっきり彼だと思ってにっこりしてふりむいたら、知らない男の人が立ってましてね。『兄ちゃん、あんたナー』っていうの」

「兄ちゃん？」

「あたしを男の子とまちがえてるんです。『自衛隊へ入らへんか』ってビラを渡されてしまった。そこへ、やっと彼が走ってきたら、そのオジサン、今度は彼に、『兄ちゃんも、どや』といってビラを渡すの」

私たちは笑った。

「そのとき、あたし、男の子と見られたのがひどいショックで落ちこんだわ。だって自分ではその日、とても女っぽいおしゃれしたつもりだったのに。――でも、彼は、めげてるあたしを慰める言葉も思いつかないのか、ただもじもじしてたきり。あたしは不機嫌でした。彼がハラハラしてるのはわかったけど。とても気をつかってた。――あたしは不機嫌ではなく、しょげてたのね。そういう、あたしの気持を、うまく引き立ててくれる言葉を思いつかない、その男の子のぶきっちょなトコが腹立たしかったりして。でも、男の子に、そう気をつかわせた、なんてはじめてで、一面では嬉しい気持もあったの」

私は雄弁になってる。

稀としゃべってるとき、彼は、自分に興味があるときは熱心に聞くが、興味を失うと、とたんに表情も白《しら》けて、平気で人の話を遮《さえぎ》るクセがある。そういうとき、なんの手心も斟酌《しんしゃく》もなかった。昔はそんなことはなかった。でも「作家業」になってから、そのクセは顕著になった。私はそれで、稀に遮られないような会話を択《えら》ぶクセがついていた。

ありがたいことに、稀との暮らしは面白いので、会話の選択肢はたくさんあったから。

——しかし今、私はそんな配慮をせず、しゃべるのを楽しんでいる。彼が私の話に興味を示して聞き入っている、そのことに自信が持てる。

「あたしには、印象的なデートで、すてきだったと思ったんだけど、彼は懲《こ》りたらしくて、それっきりでした。自衛隊に、あたしたちは仲を裂かれたのね」

「よっぽど、ボーイッシュに見えたんやな」

「痩《や》せてたし、——あのころ、男の人にも長い髪がハヤってたから」

「僕はボーイッシュな女の子、というのは嫌いやありませんなあ。もともと」

尾瀬はグラスをカウンターに置き、

「僕のすてきなデートは、というと、財布を持ってない、ボーイッシュな女のひとを車で攫《さろ》うて飲みにいったことがあります」

「フフフ。どうすてきでしたの？」

「なんぼしゃべっても、飽けへんかった。このまま、一晩じゅうでも一緒にいたい、と思いましたな。旦那には悪いけど」

「旦那がいますの？　その人」

私は液体の音楽のおかげで、口も軽々とし、髪の毛の一本一本にまでエネルギーが充満してる気になる。きっと眼は、金箔《きんぱく》を張ったように光ってるに違いない。いや、ワイルド・ターキーのせいばかりではなくて、尾瀬のせいかもしれない。電気ウナギみたいに彼は、電気の素《もと》をまわりにふりまくんだもの。

「旦那がいるのに、すてきでした。たいてい女のひとは、男と暮らしはじめると魅力が褪《あ》せますがね。あれはなんでかいなあ、男に影響されて、純粋さがうすれるのんかいなあ。中国の古い小説の現代語訳したのを読んでたら、女は水でできた清い軀、男は泥でできた汚い軀、という文句があった。何やしらん、それが僕の頭にこびりついてましてね。男に、濁らされてない女のひとというと、まだコドモっぽいし。――しかしそのひとは、旦那がいるのに、素《す》のままの女、というところがあって、濁ってまへんでした」

「そういうひとに、会ってみたいわね、きっとあたしも好きになると思うわ」

私は笑いながらいった。

「あたしは、でも、泥でできてる汚い男のひとも、大好きよ、泥だらけの人生――て、すてきと思いません？」

酔いのせいか、二人ともやたら、おかしくなって笑ってしまう。カウンターの向うに青年のバーテンが寄ってきたが、私たちの話が弾んでいると見たのか、ガラスの小さい鉢《はち》に氷を充《み》たしただけで、そっと離れてゆく。躾《しつ》けのいい、気分のいい店だった。でもそろそろ、切り上げる時間だった。私はタクシーをつかまえてもらえば、マンションまで帰れるといったら、

「送りますよ、僕が。なんぼ水でできてる女のひとや、いうても、水くさい」

と尾瀬がいうので、それもおかしかった。そして結局、タクシーで送ってもらったのだけど、そのあいだ、「水」と「泥」が、私たちの間の愉快な暗号のフレーズとなった。

「泥としては、こう思うんですが」

と尾瀬はいう。

「たとえば遠くへ行きたいとき、――水が、ですよ――足になりますよ。僕は始終《しよっちゅう》、車で走り廻ってますからね。ちょっとあそこへいきたい、ここの何かを見たい、というとき、お電話下さい」

「泥に？」

「泥に。それから飲みにいきたい、けど、旦那に声をかけたくないとき、とか。また、男の心理や行動について不可解な点を、教えてほしいというような時には、ちょっと、泥に電話して下されば、飛んでいってご説明します。いろいろ、便利に使《つこ》うて下さい。お役に立ちますよ、泥的発想というのを、勉強しはるチャンスや、思いますなあ――と、こういう、くどきかたもある」

と自分でいって尾瀬は笑った。でも私がそのとき勉強したのは、「男のくどきかた」ではなく、「男のユーモア」みたいなものだった。おかしかった、何となく尾瀬は。

そうして、そのおかしさは、彼の、見当もつかないような自信から出てるのだとわかった。何の自信だろう？　生きてることの自信だろうか。彼は稀の存在も、稀の職業のことも、あんまり気にしていないらしくみえた。近頃私は、稀の職業や知名度にこだわる人たちの中でばかり暮らしていたので、尾瀬のそんな感触は新鮮だった。

夜ふけて風が強くなり、突風といっていい風が時々襲った。生田《いくた》川の手前、高速へ入る道路がやや渋滞した。事故車だった。突風で煽《あお》られた看板が舞い上り、車のフロントガラスを直撃したということだった。

「見なさい。危《あぶ》のうて、一人で帰らせられへん」

と尾瀬はいった。

マンションの窓は灯がついていなかった。

尾瀬と別れて、エレベーターを昇っていくあいだ、彼の顔はどうしても思い出せなかったが、声だけはありありとおぼえていて、そのほうが印象が強かった。稀は帰っていない。彼が帰ってきたのは翌日のひるすぎだった。

「ウチダさんらと麻雀《マージャン》してた」

といってベッドへすぐもぐりこんで寝た。

起きるともう、次の締切に向って仕事部屋にこもり切り、私はついに、「水と泥」の話をする機会を持てなかった。それまで私は稀に、コーベの春の嵐《あらし》の夜、面白い男と会った話をして、彼を興じさせようと思っていたのに。稀は私の話を時折り、エッセーや小説の中に巧みに織りこむことがあるので。

織りこむといえば、稀はそのあと、何かのエッセーに書いていた。その雑誌は、写真とイラストが美しいので、男性向けの本ではあったけれど、私は目を通していた。たまたま、稀の書いたものが、その月のエッセー欄にあった。

——男は運命が変る節目《ふしめ》のような時期がある。そういうときには結婚しないほうがいい。昔なら「糟糠《そうこう》の妻は堂より下《くだ》さず」、つまり貧乏時代から連れ添って苦労を共にしてきた妻は、夫が立身出世したあとも家から追い出してはならない、というのが、男の美徳とされたけど、現代では糟糠の妻なんて持たないようにするのが男の心がけである。男はぐんぐん変貌《へんぼう》していくのに、糟糠の妻がそれに追いつけないとなると、これは悲劇だから——なんていう文章で、男性向けの本だから稀も本音を出したのかもしれないが、ずいぶん男サイドの考え方だと思いながら、私は読んでいた。文章のしまいに、——これはある先輩と話していて思いついた、とある。私は、ウチダ先生のことであろうかなどと考えた。

稀は私に、彼の書いたものを読むのを禁ずるというのではないが、話題にしたくなさそうだった。ただ世間で黙殺されたり、不評だったりした作品を、私がほめると、顔色は動かさないが、いい気分みたいだった。そしてただいま売れっ子の彼は、不評に対しては実に執念ぶかく粘《ねば》りづよく反論し、反駁《はんばく》するので、批評家も慎重になっている。批評家でさえ慎重になってるのに、私が稀の仕事に口出しすることはできなかった。しかしこのエッセーは、何となく私にはひっかかった。いつもみたいに、

（面白いじゃない）

と笑い捨てることはできない、妙な気分だった。私はこのことを、尾瀬と話し合ってみたいな、という気がした。といって、また会うというアテは、何もなかった。

稀が仕事で（そのうちには、有名な美人女優と対談するというスケジュールも入っていて、それは稀を嬉しがらせている）首都へ出かけて三日目、急に、私は尾瀬に電話する羽目になってしまったのだった。

TOKYO　夏の虹

1

その午後、私は掃除をしていたが、しばしば電話で中断された。稀《まれ》が首都へ出かけていることを知らない、あるいは知らせていなかった編集者たち、——出版社や新聞社（新聞社関係は、学芸文化部のほか、事業局の人々からも電話がある。これは講演依頼や、パネルディスカッションのパネラーを頼んでくるものだった）から電話がよくあった。私は、知らせてもいい、と判断した人には稀の泊っているホテルを教え、そうでなければ稀の帰阪を待ってもらうか、急なことなら依頼を断念してもらうのだった。どっちみち、稀は、いまやたら仕事が入っているので、急な用件はことわるにきまっていた。

尤《もっと》も、テレビはわからない。

テレビ出演というのはいつも性急に話が舞いこむ。しかし稀はよくよく聞いて、たいていは出るみたい。「テレビに出て顔を知られるアホだけは、やりとうない」といいながら、よく出演するほうである。それも、クイズやワイドショーの身上相談まで、気が向けば出るのだった。

テレビでの稀は、評判がいい。

タレントを食ってしまう、という批評があった。ダンガリーのシャツと、白いモカシンの靴、という何でもない恰好《かっこう》で稀は出演しているが、それにきまるまでたいへんだった。白いコットンパンツにするか、ベージュのレーヨンリネンのパンツがいいか、結局、白いコットンにしたけど、Tシャツなんか二十枚くらい、あとに抛《ほう》り出されていた。で、恰好ができあがると、どうだと訊《き》くので、

（あーッ！　いい、いいわ、すてきよ、稀ちゃん）

と私は飛びあがって手を拍《う》たなければいけないのだ。でないと、また着更えるという。

（ホンマか!?）

（バッチシ！）

（視聴率はオレでもつやろな）

（もちろん！）

テレビのときは、プラチナチェーンでなく腕時計をするが、この時計も稀は凝《こ》っていて、三十個ぐらい持っている。（どれもそんなに高価なものはないが）わざとオジンぽ

く手巻きのをつけたりして、どうという恰好でもないのに、凝りに凝る、そうしてそういう効果を自分でようく知っていた。彼を見た人に、

（どうということない男なのに、ナゼカ、雰囲気《ふんいき》がよかった）

といわれるのこそ、稀のねらいなのだった。

しかしこのあいだ、ウチダ先生に会ったとき、稀の話によれば、

（きみ、テレビで中々人気なんだそうだね。僕はテレビは見ないが、ウチの娘たちがいっていた）

といって、しかしそれには複雑なニュアンスがあったらしく、〈小説家というものは、あまりテレビには出ないほうがいい〉という口吻《こうふん》だったと稀はいう。稀はそれを聞いてから、出演意欲が鈍《にぶ》りはじめているようである。私はもともと、小説を読んでくれる人に、小説だけで向き合えばいい、と思っていて、稀のテレビ出演にはあまり賛成じゃなかったけど、でも稀が出たがるぶんには、反対はしないでおいた。そして稀が出演するのを熱心に見て、

（よかった！　あの、稀の話でぐんと盛り上っちゃった、あれでみな、ノリがきたね）

などというと、稀は（わかるか）と得意そうだった。必らず私が見ていて、そういわないと稀は不機嫌なんである。――ただウチダ先生の示唆《しさ》以来、出演は少くなっているが、番組によってはわからないので、テレビ局関係の電話はみな、首都のホテルへ回し

た。

そんなこんなで、稀がいなくても、私は外出できなかった。稀自身も時々、電話してきて、資料のありかを指示して、どのあたりのページの何とかを見てくれ、ということがあるから、私が外出していると彼は不興になる。

空はちょっと曇り気味、二番手というところのお天気で、「申し分なく快晴」というわけにいかなかったけれど、空の一角は明るんでいたから、夕方あたりから晴れるのかもしれない。風は乾いていていい匂《にお》いだった。青葉若葉の銀色のうぶ毛や、樹脂の匂いを運んでくるのかもしれない。私は窓を全部、開け放っていた。

生成《きな》りのコットンのエプロンドレスで、私は素足で掃除機を使い、そのあと、雑巾《ぞうきん》を絞って棚や床を拭く。化学ぞうきんなどというのはうさん臭《くさ》いから嫌いなのだ。水をさわるのが好きなせいかもしれない。女は水でできたきれいな軀《からだ》、といった尾瀬の言葉を何となく思い出しておかしかった。

ふいに私の眼の前に影が走った。私は自分でも人間の声と思えないような声を立ててしまった。

その影は廊下へ去り、再び目交《まなかい》をかすめた。

雀《すずめ》だ、とわかるまで、私はソファの陰におびえてすくんでいた。開け放った窓から迷いこんできたものらしかった。

マンションの八階ぐらしに慣れて私はイキモノに遠くなっていた。蚊《か》や蠅《はえ》一匹でさえ、見たことはなかった。まして鳥、それも鳥籠《とりかご》に入っていない、野の鳥が、家の中へ迷いこんでくるなんて、狼狽《ろうばい》してしまう。私は特別に怖がりと思わないけれど、どこへ飛ぶかわからない鳥はにがてだった。

と、また鳥のかげがかすめた。

鳥も、（しまった）と思って動転しているのかもしれない。あわてふためくという感じで、窓から早く出ればいいのに、廊下から稀の仕事場へ、玄関へとまどいながらバサバサ飛んでいた。玄関だけは閉めてある、私は玄関のドアを開け、トイレに籠《こも》っていようかと思ったが、雀が出ずに、空巣でも入ったらコトだと思って、それもできなかった。侵入者が、私に危害を加えない雀だとわかって少しは安心したものの、気持がよくないことは同じだった。私は犬や猫は抱いたり頬ずりしたりできるが、なぜか鳥は気味わるいのだ。街で見かける雀や鳩《はと》はいやではないが、触ることなんて、とてもできない。町っ子の私は、羽に触るのが怖いのだった。

（稀がいてくれたら）

とこのときばかりは、しんそこ、思った。

私は雀が早く出てくれることを念じていたが、捜しにいくと、顔でも搏《う》たれるように思って怖くて動けない。雀も、どこにひそんでいるのか、しんとしている。冷蔵庫の後とか、稀の本棚の奥とか、見つかりにくい所へ落ちて死んでいたらどうしよう、と私は心細くなってしまった。

稀がいても、あまり役には立たないのだけれど……。彼は田舎育ちのくせに、虫や鳥には弱くて、怖がるほうだった。あれはなぜかわからない。都会へ出てマンションに住んで、虫と縁が切れて、ホッとした、というような男なんだから。

突然、目の前を、影が横切った。——と、思う間もなく、別の方角からまた天井へ飛び、廊下へふわっと消えた。まるで巨大な蛾《が》のようにみえて、私は真剣に恐怖を感じた。

(もしかしたら、二羽いるんじゃないかしら？　いやだ、二羽？)なんて思ったからである。ここへ住んでだいぶになるけど、雀が飛びこんできた、なんてはじめてだった。

と、ばたばたと羽音がして、雀(と、はっきりわかるくらい近く)が、居間のテーブルの端にちょん、ととまった。見てると可愛《かわい》いのだけれど、私はどきどきして、

(出てって！)

と手を合せたい気持だった。雀は度を失ったようにきょときょととし、

(おかしい！　何だ、これは！)

と叫びたそうだったが、テラスに向いたガラス戸が開け放たれて、もうかなり拡がりはじめた青空が見えているのに気付いたらしく、

(あ。出口じゃん)

という感じで、矢のように飛び立ち、大空へかけていった。

私はいっぺんに気がぬけてホッとした。まだあとにいるのかと耳を澄ませたが、部屋中しんとしている。やはり一羽だったと安心して、二度と何にも入られないよう、急いで、あちこちの窓や戸を閉めた。

それから、ラジオのFMをつけて、今度は乾いたリネンの雑巾で、戸棚やテーブルを拭いていた。

そのときだった。

バターン！　とかなり重量感のある音がし、その音に私は心当りがなくて、稀の部屋の窓ガラスを閉めるのを忘れたのかな、と思った。稀は仕事机の上に本を立てておく癖があり、それは本立てに挟まれていないので、風なんかのせいで倒れたりする。しかし稀の机上はきちんとなっていた。

私は居間へもどって来てすぐ、テラスに面したガラス戸の下、グリーン色の絨毯《じゅうたん》の上に、転がっている雀を発見した。雀はくたっとして横たわっていた。

「どうしたの!?」

私は雀に叫んだ。でもすぐ、わかった。雀はやはり二羽、まぎれこんでいたのだ。一羽につづいてあとの一羽も外へ、出ようとして……外は青空が拡がっていた。磨き抜かれたガラスの外の青空が。

かなり強い力で、雀はぶつかったに違いないのだ。

ひとおもいに外へ羽搏《はばた》こうと、小さい体に渾身《こんしん》の力をこめて飛び立ち……それで、あの音になった。かなりの強い音だったから、雀には衝撃だったにちがいない。私は、雀が目をまわしただけであってくれればいい、と思った。無論、私はすぐガラス戸をいっぱいに開け、雀のそばへ跪《ひざまず》いて、哀願するように、

「起きて、起きてよ！」

といった。でも、怖くて手を触れられない。

雀はまだ、丸い小さい眼をぱちくりしていた。事態がのみこめない、というように……。生きてるわ、と私は明るい気分になったが、羽の色にも小さい体にも、生気は感じられなかった。

そして私が見守っていると、雀はまるで臨終の人間がするように、ゆっくり瞼《まぶた》を閉じ、ことん、と小さい頭を垂れた。

死んだ、と思うと私の眼に涙が噴きあがってきた。もう少し長く戸を開けておいてやればよかった。雀はガラス戸の外の青空を見て、

(助かった！　やれやれ)

と思ったに違いないのだ。青空との間に硬質な透明の障壁があるなんて思いもせず、喜んで、あとさきも見ず飛び立って……。

雀は眼をつむっている。雀が死ぬときにゆっくり眼をつむるなんて知らなかった。私は涙が出てとまらない。雀の死に私が責任を感じてるなんて、人にいうと笑われるかもしれないけれど、でもこの涙は、（すまなかった、ごめんなさい……）という涙だった。しかしそれと、死んだ雀に触れるのは怖い、というのは別のことで、私はくたっとして横たわっている雀（それは一層、小さくなったように思われる）を、どうしていいか、わからなかった。素手で触るのも怖いし、埋めてやるところもなかった。マンションの近くに公園はあるけれど、そこまで持ってゆく、というのは気絶しそうなほど不気味に思われた。

窓の外で雀の声がする。私が反射的に戸を閉めたら、一羽の雀がテラスの縁に止まり、私が立ち上ると、すぐ飛び立った。

この雀の連れ――さっきのは親子か、夫婦じゃなかったのかしら、と思うと、私はまた涙がびしょびしょと噴きあがり、ごめんなさい、ごめんなさいと心の中で言いつづけた。元気な雀は、連れがあとから来ないので心配して探しに来たのかもしれない。（なにしてんだよう、早くおいでよう）と叫びつづけているのかもしれないと思うと、また泣けてくるのだった。

私はそんなにヤワな女だとは今まで思っていなかった。雀が死んで、それは私の責任かもしれないが、こんなに辛《つら》がって涙を流すような夕マだとは思っていなかった。しかし現実には私は泣けて泣けてしかたがなかったのだ。

その中には、「死んだモンを触《いら》う」ということが怖いのも入っている。

（管理人さんに頼もうかしら？）

と思ったが、煩《わずら》わしそうにあしらわれるのも気がすすまないし、都会ニンゲンは、みな「死んだモンを触う」のがいやなはずだった。

私は天啓みたいに、尾瀬を思い出した。

彼の名刺は、このあいだのポシェットに入ったままだった。電話の向うで、女の子の声が、平静に、

「はい。尾瀬興産です」

といったとき、私は尾瀬を呼んで、雀を片付けさせる、という仕事が、いかに社会的常識から逸《そ》れているか、思い知らされた気がした。でも電話を切る勇気もなくて尾瀬がいるかどうか、聞いた。

若い男の声に代り、社長は出ているが、車に電話があるので連絡はつく、といい、私の名と電話を聞いた。私は口ごもったが、結局、答えてしまった。

十五分ぐらいして、電話があった。

この間聞いた、ひびきのいい、耳に入りやすい声は、電話を通してもそのままだった。

「あ、何か、ありましたか。嬉《うれ》して、ねえ……お電話頂いたのが」

尾瀬の暖かい声を聞くと、それまでせい一ぱい保《も》ちこたえていた気の張りが、めためたと崩れてしまい、私はまた、執拗《しつよう》な涙が、べしょべしょと湧《わ》きあがるのを抑えることができなくなった。気をひき緊《し》めようと唇を舐《な》めたり、かみしめたりしたが、声はかすれるのだった。

「すぐ来てほしいの。ごめんなさい、わがままいって」

「うーんと。そちらのマンションですか？」

尾瀬は一瞬迷ったふうで、

「すぐ、っていうても、一時間余りはかかりますよ、ここから。かまいませんか？」

と尾瀬は近鉄線の駅名をいった。

「かまいません」

私はしゃくりあげるのをこらえようと硬い声でいった。

「すぐ、来て下さい」

雀の姿を見るのがいやだったので、私はずっとキッチンにいて、雀の死骸《しがい》には視線を当てないようにしていた。

思ったより早く、三十分ぐらいで尾瀬は来た。狭いマンションの玄関を塞《ふさ》ぐぐらい、頼もしい大男に見えた。にっこりして、日に灼《や》けていた。目尻の皺《しわ》をやさしく深めて何か言いかけたが、私がハンケチで洟《はな》をすすったので、靴も脱がず、

「どうしました!?」

といった。私は、雀が。ガラス戸に。あたしが。悪かった。などと切れ切れにいい、彼を居間へ連れこんだ。尾瀬は黒い靴をあわてて ぬいで居間へいき、雀を見つけて、

「かわいそうに」

と跪《いま》いて、ひょいと大きい掌《てのひら》に包むようにすくいあげた。尾瀬の手にある雀は、不潔でも忌わしくもなく、浄《きよ》らかにみえた。

「これが怖いんですか」

と尾瀬は笑って、包む紙か何か、ないだろうかという。私は、今まで涙を拭いていたハンケチ、スイスレースがまわりにある白いハンケチを渡した。尾瀬は私の涙に湿ったハンケチで雀を包みこんで、隅へそっと置き、

「どっか、埋めてやる所がありますか」

「向いに公園があります」

「それならええ」

「ついでに埋めて下さいね」

「よろしいよ……しかし、ほんまに、こんな、雀が死んだから、いうて、僕、呼んだん？　へー、これだけのことで？……」

「だってかわいそうやら、怖いやら……どうしてええか、わからへんのやもん……」

絹のハンケチは小さすぎて、雀のはかなげな、細い脚の片方が出ていた。それを見ると私はまた、哀《あわ》れで涙が出てくる。

「あんた、やっぱり、エレガントなひとですなあ」

と尾瀬は柔い笑いをふくんだ声でいい、起《た》ってゆっくり私を抱き寄せた。私はこのまえ、尾瀬の胸もとを見て、

（あたまを凭《もた》せかけるのに、ぴったり、というような、よりかかりやすい胸幅じゃない？）

と思ったことがあったが、ほんとにそうだった。初夏らしい砂色のスーツを彼は着て、白いワイシャツだった。ネクタイの色はおぼえてないけれど、尾瀬に抱かれていると、たぐいもなく、心がおちつくのだった。

「あんた、ちょっと、イライラしてますな。もっとノンビリ、したほうがよろしですよ」

そうして尾瀬は、指で私のあごを持ちあげ、無造作に接吻《せっぷん》する。私の唇は涙で湿っていたせいか冷かったので、彼の唇や舌がとても暖かく感じられた。私はイライラしてるんじゃない、いや、イライラが何かの欠乏のあかしというなら、

（あたし、甘えるってこと、忘れてたんです）

と言いたかったのだった。私は自分から、暖かな尾瀬の胸に顔をつけた。

2

「ちょっと、おかしい」

というのが尾瀬の感想だった。それは尾瀬を喚《よ》びつけて雀の始末をさせたことではなくて、私の均衡を失いやすい精神のことだった。

「鋭敏すぎる」

と尾瀬はいう。

そして、にやりと笑って、

「幸わせなオクサンは、鈍いはずですがねえ」

という。彼にいわせると、女というものは幸福であればあるほど、飽食した人のようにどんよりして、何も見えず、何も聞えない、半醒半眠というか、眠ったようなさめてるような、目の前で手を振っても気がつかない、霞《かすみ》のかかったような不可解な表情で、

「口もとは、だらしなく、いつも微笑《ほほえ》みを浮べてる、という恰好でしてね」

と尾瀬がいうものだから、私は笑わずにいられなかった。

「幸わせなオクサンは、大なり小なり、霞のかかったような、どんよりした表情ですよ。それはそれで、中々、ええものです。元来、女のひとというのは、そういう風になるように生れついてるのやから——。男の甲斐性《かいしょう》、というのは、女房《よめはん》を、そういう顔にさせ

られるかどうかにかかってる。そやから、女のひとが、そういう表情になるのはごく自然なことで、リッパなことでしてね――」

私たちは、大阪のキタのビルの最上階にあるレストランで食事をしている。東向きの窓なので、最近できたのっぽのツインビルと、照明に浮きあがった大阪城がみえるのだった。

私と尾瀬は、あれから雀を携えて、マンションの前の公園へ行った。エレベーターを降りる間も尾瀬は、

「子供のころ、僕はカブト虫で賽銭釣《さいせん》りというのをしたことがある。知ってますか？」

などと話して、私の気をほぐしてくれるのだった。

「いいえ。町っ子ですもの、あたし」

「カブト虫に糸を結《ゆ》いつけて、神社のお賽銭箱のすき間から垂らすんですよ。カブト虫は底のお賽銭に抱きつく。そいつをたぐりあげる」

「鵜飼《うかい》の鵜みたいね」

「そうそう。カブト虫はわりに力があってねえ、硬貨の重たいヤツを抱いてあがって来よる。嬉して、ねえ……子供は。これが」

「バチが当りませんでした？　神さまの」

「そのうち当るかもしれませんな。まとめて」

なんて、尾瀬といると、目の前のモヤが、一枚ずつ晴れていくように、私の心も明るみ、おちつくのだった。

公園へ行ってみて、私は今更のようにびっくりした。煉瓦《れんが》や石だたみで地面は掩《おお》われ、一隅は滑り台のある砂場になっていて、むき出しの地面なんか、ないのだった。

ただ植木のまわりにだけ、土が顔を出しており、木によっては、幹をかこむように鉄《てつ》柵《さく》でがんじがらめにしてあるのもあった。

「ああ、ここがええ」

と尾瀬はまだ細い若木の根の土を、携えてきたシャベルで掘りはじめた。その木のまわりは、根の張っていそうな部分を避けて、綺麗《きれい》な放射状に石が敷きつめてある。

私はテラスにハーブの鉢植を育てているので、小さい、玩具《おもちゃ》のようなシャベルがあった。それを持ってきたのだった。

公園にはたまたま誰もいなくてよかった。

いつもは、せんさく好きらしい老人たちが二、三人、ベンチに坐っていたり、子供たちと若いママが何人か、いるのだけれど。

尾瀬は土の扱いかたが巧《うま》かった。そういうと、

「百姓の息子ですからね。畠を作らされてたんですよ」

そうして「いいですか？　このままで」というのは、雀を包んだシルクのハンケチのことだった。私がいいというと、尾瀬はハンケチごと穴へ埋めて急いで土をかけ、雀にいった。

「ええトコ、往《い》きや。みなに可愛がってもらいや」

――ええトコというのは極楽《ごくらく》である。上方《かみがた》では、人間でも畜生でも、生類《しょうるい》が死ぬときはみな、――ええトコ、往きや――と送り出されるのだ。アッチともいう。アッチへいった犬や猫や雀は、すべて仏さまたちに可愛がられる、ということになっている。でも人間はわからない。人間は、ワルイことをした人もいるから、みな極楽へいけるとは限らないのだった。

「来年はこの木も、ええ花が咲きますよ」

と尾瀬は、若緑のやわらかい葉をつけた木を見上げていう。

「何の木ですの？」

「花みずきですな。今まで見なんだ？」

咲いたかもしれないが、私は気がつかなかった。田舎そだちのせいか、尾瀬は木や草の名にくわしいようだった。私は梢《こずえ》を見あげて、

「どんな色の花？」

「雀いろ」

といって尾瀬は私を笑わせてくれた。

「ああ、そうやって笑《わろ》てやるのが、雀への供養《くよう》ですよ——さて」

尾瀬は手を払って、

「ご主人、おるすですか」

「ええ、旅行してます」

「そうやろ、思た。僕を喚ぶところみたら。ほんなら、晩ごはんでもどうですか」

「ハイ」

「ハイ、は色気ないなあ」

「ごめんなさい、急に元気になったから、自分でも嬉しくて」

「いや、僕も何や久しぶりに、ままごとした気分になった。『隣のミッちゃん』と。——ちょっと一つ、仕事、片づけてきます。まだ早いから。六時になったら迎えに来ます。よろしやろ？」

私は嬉しくて、幸福の霰弾《さんだん》を至近距離でくらったように、心がバラバラにほどけてしまった。尾瀬は公園の噴水で手を洗うと、マンションの脇《わき》に停めた車に乗っていってしまった。「一つ、仕事、片づけてきます」というのもよかった。仕事と、さっきの不意打ちの接吻が同じ位置に並んでいるのもいい。

部屋に戻って私はお風呂へはいった。はいっているうちから電話が鳴っていたが、拋《ほう》っておいた。ペパーミントのバスパウダーをふりこんで、ゆっくり湯に漬かった。すると、悔恨《かいこん》とも悲しみともつかぬ、さきほどまでの憂悶《ゆうもん》がすうっと消えているのがわかった。まるで尾瀬に悲しみのバイキンを消毒してもらったように。

（殺菌能力のある男というか、金鳥蚊取《かとり》線香の男というか）

お風呂を出て、雪白のタオル地のガウンを裸《はだ》かにひっかけて、カフェ・オレを作っていると、ひっきりなしに電話がかかり、応対をしているうちに、くまなく気分が明るくなった。尾瀬に憂鬱《ゆううつ》のバイキンを殺してもらったというより、何だか体に受粉して、花が咲きはじめた、というほうが、より正確な表現だった。——私は、稀と生活するのが好きで、稀と居ていつも「くまなく明るい」気分になってるはずなのに、でも、こんなに放恣《ほうし》な、のんびりした気分は、はじめてだった。

居間のテーブルの上に、クリスタルガラスの猫のペーパーウェイトがある、私はそれを片手で弄《もてあそ》びながら、首都の稀の担当編集者と電話で話していて、笑い声さえたてた。

たしかに、午後、尾瀬を喚んだときの私はちょっとおかしかった、でもいまは、

「幸わせですから、鈍い顔になってるはずよ」

と私は主張した。

「霞がかかったみたいに、どんよりしてません？」

「いやいや、いきいきして綺麗ですよ。しかしさっきは、緊張で引《ひ》き攣《つ》ってビリビリしてるところがありましたな。これはいかんな、と思《おも》た」

尾瀬は実においしそうに料理を食べる。ここは西洋料理と京都料理をミックスした感じで、お箸で食べるのだった。キャビアやら、生のフォアグラが、小芋《こいも》や南瓜《かぼちゃ》と抵抗なく食べられる。ワインを飲んで、お箸で食べるというのがいい。かと思うと、薄紅のふちどりの、鯛《たい》の刺身が、氷のくぼみに飾られてはこぼれてくる。

一皿ずつが珍らしくておいしかった。こんどは、稀と来《こ》ようかしらと思うのはどういう気持からだろう。稀は私より行動半径が大きいので、首都に限らず、どこでも、珍らしいものを食べているに違いないのだ。

「何ンか、イライラしてるから、少しのことがこたえたんでしょう。おびえてる人が、ちょっとしたことでギャッと飛びあがるみたいに」

「イライラしてることとって、べつにないんですけど」

「そうかなあ、今は、あんた、餅膚《もちはだ》みたいな顔ですが、あのときは、鮫膚《さめはだ》という顔でしたよ。精神的鮫膚。僕はあんたに会えると思て、にこにこしてドアを開けたのに、何しろ、精神的鮫膚という、真《ま》っ蒼《さお》な顔で突っ立ってるんやから、びっくりした」

そのびっくりぶりは、私もよくおぼえていた。（ついでに、彼の胸もとが、あたまを凭せやすい、いい感じだったことも）私は自分を、そうヤワな女ではないと思うのに、なぜか、尾瀬の顔がまぶしく思えて、視線を伏せてしまうのだった。そういうとき、私の口元にまさしく、「だらしなく、不可解な、にぶい」幸福の微笑が浮んでいるのを感ずることができた。稀の前でこの微笑が泛《うか》ばないで、尾瀬の前で泛ぶのが、私には象徴的に思われた。

そうして、視線を伏せてるあいだ、尾瀬の顔をフト、忘れた気がするのだった。おぼえにくい、平凡な顔立なのだが、それより、彼から発する電気というか磁気というか、オーラというか、そんなもののほうが強くて、顔は忘れてしまう、というところがある。

お箸を置いてワイングラスを引き寄せる、そのとき、ちらと尾瀬を見て、

（あ。こんな顔だった、そうそう……）

と思い出す、というぐらいだった。とにかく顔や姿よりも、

（そこにいる）

という感じのほうが強くて、酔いがかろやかにめぐるにつれ、私はそれが嬉しかった、尾瀬といっしょにいるのが。

「緊張のしっぱなし、という人生はよくない。時々、だらけなくては」

などとしゃべりながら、肉を食べている尾瀬が私には好もしかった。だんだん好きになる。

「尾瀬サンといると、だらけてしまえて、とてもいい気持よ」

というと、尾瀬は目尻の皺を深めて笑った。

「それでよろしねん」

「主人の前でだらけられると、いいんでしょうけど」

「結婚相手の前で、だらけてられますか？　僕も、女房《よめはん》の前ではだらけておれまへん」

「あたしも」

「ただし、向うは、だらけてますよ」

「あたしのところも」

ふたりで笑ってしまった。尾瀬はつづけて、

「ではお互いにこうやって、時々、息ぬきすべきですな」

「息ぬき——というのも不倫になるかしら」

「緊張せな、いかんような、男女関係のほうが不倫ですよ。元来、神サンは、仲良く、だらけなさい、と男と女を作りはったんやからね。のんびりくつろげる男と女の仲のほうが神サンから見はったら、ノーマルな仲です」

ノーマルな仲に乾盃《かんぱい》した。

私は、男といる楽しさに二種類あることを知った。イライラする楽しさと、のんびりする楽しさ。前者が稀といるときで、後者が尾瀬といるときだった。イライラの楽しさ

には経験があるので対応しやすかったが、のんびりした楽しさははじめてだったから、私は狼狽していた。食事が終りに近づき、

「どこか、飲みにいきますか？」

といわれると、私は放恣な充溢感《じゅういっかん》に流されるのが怖かった。今夜は飲みにいくと、そのまま押し流されそうな気がした。

「ここで飲めません？　食後のお酒、いっぱいだけ」

「それなら、この部屋の端っこが小さいバーになってます。外へ出なくても済む」

そのバーは暗くて、窓に面した席は、食後の一杯を楽しむ人々でふさがっていた。私たちはいちばん奥の席になった。尾瀬はブランデーにして、私はもちろん、ワイルド・ターキーのロック。グラスを合せて、

「いよいよ、不倫めいてきましたな」

「不倫まがいというところね」

「こういうの、経験ありませんか？」

尾瀬はグラスを置いて、

「若いときに、ですよ――僕は女の子によう、『きょうだいでいましょうね』といわれた」

「兄妹？　姉弟？」

「どっちでもよろし。女の子がね、『きょうだいでいましょう』というと、これが曲者《くせもの》。きょうだいのような仲、というのは、古いコトバでいうと、プラトニックな恋愛に押しとどめておこう、ということでしょう？」

「そうなりますの？」

といって私は、煙草が欲しくなったが、尾瀬がまだ一本も喫《す》っていないのに気付いた。

「おやめになったの？　煙草」

「いや。持ってます。なるべく控えようという気になったもので」

尾瀬は私にもすすめ、自分も取って、ライターをつけてくれた。彼のおかしいところは「控えようという気」になっているくせに、機会があると喫うところで、「やめました」とか「喫いません」とはいわないのだった。ふかぶかと吸いこんで、

「いや、久しぶりに服《の》むとうまい」

というのだから。とにかく彼は「歯を食いしばって」というところがない男のようだった。

「きょうだいでいましょう、といわれると男は、それを信じてしまう。僕も若かった。手も触れてはいけない、という気になってしまう。ハイ、——とうなだれていうことを聞いてた。しかし今思うと、女の子は、そういいながら、男が積極的に出るのを待っていた、という気もする。そんなことはないですか？」

「二十年くらい前の話？」

「もっと前。二十五、六年、いや、もっと前かな」

「そのぐらい昔の女の子なら、本気で精神愛を信じてたかもしれません。でも今は、そんなこといわない。いわないけど、今夜は、あたしも、尾瀬サンと、いとこぐらいでいたい気分よ」

と私は笑った。ほんとに、情《じょう》の濃い、歳上の従兄《いとこ》みたいだけど、もっとどきどきする。地雷原をひやひやと歩くみたいな、凍った池へ恐る恐る踏み出すみたいな気分もある、それは「だらけていられる」気分の裏に、微妙に魅惑的に貼《は》りついている。

「時々、い、い、いとこしたいものですな」

と尾瀬は笑った。

「ええ、『今夜あたり、い、い、いとこしません？』などと電話したりして」

私は笑いにごまかしたけれど、怖かった。人はこうして、抜きさしならぬところへ陥《お》ちてゆく——というように、私は尾瀬が好きになるのではあるまいか。

それから三日たって、稀は帰ってきた。こんどはわりに長い留守だった。

「暑いなあ、くそ」

なんて帰るなり不機嫌。

「今晩じゅうに『チェック』書かんならん」

「向うで書いてこなかったの？」

「書けるかい！」

稀はどなり、ネクタイを引きむしった。

いつもとちがう匂いが、稀の体から発散している。いつもはライムの匂いのコロンを使うんだけれど、これはちょっと甘いフルーツの匂いである。

海島綿《かいとうめん》の青いストライプのシャツを脱いで、バスタブに湯を入れにいった。

戻ってくると、唐突に、

「〇〇賞はトミタ・ジュンになるかもしれへん」

今まで何を稀が考えていたか、わかった。

それに彼が機嫌のわるいわけもわかった。「何だいお前さん」とも「アタイ」ともいえない雰囲気だった。

私はたちまち、戦闘準備に入って心を引きしめる。〇〇賞は新人賞の中でもかなり有力な賞で、稀が期待しているのは知っていた。稀が張り合っている、同じ新進の富田純が受賞することになれば、稀はさぞ、イライラすることだろう。

「品田《しなだ》かほると対談したの？」

と私は、稀の気に入りそうな話題を持ち出した。品田かほるは美人女優で、稀が首都へ出かけた用事の一つは、彼女との対談だった。

「お」

と稀はいっただけで、そのことよりも、という感じで、舌打して、

「トミタ・ジュンなんて。ふん――」

当分、うるさくなりそう。イライラの稀を抱えて、たちまち私は精神的鮫膚になりそうだった。

3

「おれの『半人半馬』と……おい、ビール」

と、稀はバスルームから出てくるなり、キッチンの椅子《いす》に坐っていう。

今夜、仕事をするといったので、私はアルコール類を出していなかった。

稀は自分で立って冷蔵庫のビールを取り出し、膝蹴《ひざげ》りでドアを閉め、

「トミタ・ジュンの『鰶《このしろ》』との競《せ》り合《あ》いで、どうも今度は『鰶』に落ち着きそうらしい」

「じゃまだ、わからないんじゃない？　マレちゃんのがひょっとして……」

「あかんな、審査員に、ごッつう、トミタ・ジュン贔屓《びいき》の××がおるからな」

稀はある老練な作家の名をあげた。『半人半馬』は稀の作品のタイトルで、『鰶』はト

ミタ・ジュンのそれのタイトルだった。新人賞の方向としては、私小説風な純文学のトミタ・ジュンがぴったしのようであるが、その新人賞は必らずしも純文学に捉《とら》われぬ奔《ほん》放《ぽう》な性質もあるようだから、ひょっとしたら稀も射程距離内に入るかもしれない。三年前のA新人賞が、文壇の開業免許とすれば、こんどのB新人賞は文壇の中堅への入場券というところである。

私は今夜、稀の好きなパエリヤを作っていた。パエリヤ鍋がないので、深めのフライパンを使っている。御飯は魚貝スープとサフランで、別に炊飯器《すいはんき》でたくのである。いいムール貝や魚が手に入りさえすれば簡単な上に、見た目が派手で嬉しくなる料理の一つ。

私はパエリヤの上にレモンを絞りながら、稀の文句を聞いていた。

稀は藍《あい》のクレープのパジャマを着ている。仕事のときはパジャマ姿がいちばん、といっている。ウイスキーの水割りを作りはじめたので、私は制するつもりでなく、ただ驚いた。

「おーや。『チェック』書くんじゃないの？」

稀はいつもの「じゃかッし」ともいわず、

「今夜は寝て、明日、朝早《はよ》う起きて書く」

しばらく黙っていて、がっかりした声で、

「『鯨』なんて作品の、どこがエエねん。ぐだぐだ陰気な御託《ごたく》並べてるばっかりやないか、とにかく古いねん、連中は。百年前と同《おん》なじ小説、書いとんのじゃ！」

泣くんじゃないか、と思った、私。

稀が。

そのくらい、おなかの底から絞り出したように辛そうな声でいっている。

そんなに気を悪くするなら、キキとでもぱーっと遊んで発散してから戻ってくれればいいのに。

（こっちのほうが、キキ一髪になっちゃうわ）

と私は考えていた。

それにしても――首都へ行くと、いつもいろんな情報を持って帰る稀だけど、そのついでにある種の気流に巻かれて昂揚《こうよう》して帰ってくる、それを私は気付いている。稀は気流に巻かれたさに行くのかもしれないけれど、私の見るところ、稀の昂揚ぶりは、あまりタチのよいものではなかった。

稀はいつも、首都では煽《あお》られ、攪拌《かくはん》され、たきつけられるらしい。

やたら好戦的になり、嫉妬《しっと》に心煎《い》られ、焦《あせ》り、憔悴《しょうすい》して帰ってくる。そうしてこちらで仕事をし、私と暮らし、やっと元へ戻った（と私が思う）時分に、また四百キロの彼方《かなた》の首都へ出かけて、悪気流に巻かれる、とこういう繰り返しなのだった。

「ああ、オレ、東京へいこうかなあ」

稀はウイスキーの水割りをガブッと飲んで、やけくそのようにいう。

「なんでこんなトコに居《お》らんならんねん。東京で仕事してるほうが、連絡もエエしなあ」

しかし元来、関西にいるのは稀の選択による。関西育ちの稀は、根を断ち切られたところで書けない、というのである。私はその考えを支持した。そんなことを考える稀だから好きだと思ったのだった。稀は、自分に自信があるからそう考えたはずなのに、今はそれすらも、脇へ置いて、自信を喪失しているみたい。

私はパエリヤを取り分け、稀の皿を回しながら、

「あたし思うんだけど……」

「お前の思うことなんか、誰も聞いてへん！」

「えらい鼻息。だけどさ、稀、アンタは百人に一人の天才よ」

稀は鼻面をぴしゃりとやられたみたいに黙ってしまう。

しばらくして、

「オレもそう思う」

「『鯨』は読んでないけど、『半人半馬』は面白かったもの。笑わせてしんみりさせるんだもの。それでいて芯《しん》があったわよ、そんな小説書けるひと、いないもん」

「ほんまか！」

「賞もらわなくったって、読んだひとはわかるもん。ふつうの小説じゃないってこと」

「ほんまか！」

「賞なんてどうってことないでしょう。ショージジョージの狸《たぬき》だよ」

「何やそれ」

「何かわかんないけど」

「死ね、阿呆《あほ》」

そこへ電話が鳴った。首都の「チェック」の編集者で、十枚はたしかに頂きました、あと二十枚はどうなってますか、というものだった。私は今夜中に書く予定のことをいって、編集者の文句を引き受けて聞いた。

キッチンへいって、つづきを食べた。前菜の帆立貝のキューイソース和《あ》えがおいしかった。稀も、前菜の皿にかがみこんで、

「くそ、メシぐらい、ゆっくり食わせろ、ッちゅうねん！」

とどなっていたが、その声はかなり和《なご》んでいる。

「どいつやった？」

「『チェック』――この、『十枚出しン』め」

と私は毒付いた。大阪弁で、動詞の下に「ン」をつけると、そのまま、「……する人」という意味になる。「笑いン」は「笑う人」だし、「泣きン」は「泣く人」になる。「出

しン」は「出す人」である。

「『チェック』に十枚しか出さなかったでしょうが」

とたんに稀は笑い出した。

「怒ってたか？　あいつ」

「ううん、ただただ、ふしぎそうだった」

ベテランの編集者なら、怒るか、笑うか、いましめるか、するのだろうけど、若い男性編集者は、まだ新人だったので、まごついていた。何かよそのと紛れたのでしょうか、とキツネにつままれたような声を出していた。

稀は笑いながら説明する。三十枚の約束が、時間が来ても十枚しか出来ない。仕方なく、十枚の下は、白紙の原稿用紙二十枚をしのばせて封筒に入れ、ホテルのロビーで待つ編集者にそれを押しつけるなり、タクシーに飛び乗って空港まで走ったというのである。

私はいった。

「身代金の札束、上下だけ真札で、まん中は新聞紙、なんての、よくテレビドラマで見るけどねえ」

「あれをヒントにした、実は」

私たちは笑った。稀の機嫌は直りかけている。

「『十枚出しン』に、『締切遅れン』」

と私が罵《ののし》ると、

「何を。『三十過ぎン』」

と稀は言い返す。これは私たち二人だけの間の罵詈雑言《ばりぞうごん》になっている。稀は、オバンというのは手垢《てあか》がついたコトバだといいやがって、「三十過ぎン」を愛用している。尤《もっと》も、三十過ぎは、即、オバン、という意味ではなく、それとこれとは別であるのだけど。

髪が銅線のように濡《ぬ》れて光っている稀は、やっと、いい顔色になっている。しかし眼窩《がんか》の隈《くま》が深くなっていて、悪気流による昂揚感の疲労から脱けていないようだった。

連日、仕事かお遊びか（おそらくその双方）に、首都では没頭していたにちがいない。

それから連想したわけではないが、

「品田かほるってどうだった？」

と稀の対談相手の女優さんの名をいった。

「阿呆みたいな女やった」

「くどいて振られたもんだから、そんなことという……」

「くどく気も起らんかったな、あれだけは」

「ほかのは当ったかい」

「当った、当ってみた。しかしやっぱり、ミッチイがええわ、オレ」

とうとう、ミッチイが出たので、もう安全だと思って、私は、私のためのワインを抜いた。今夜は稀も、飲んでぐっすり眠るだろうと思って。

すると、不意に稀は、またもや、

「トミタ・ジュンの文章の古さが、大体、オレは気に食わんねん」

とやり出した。私は転倒《こけ》て精神的捻挫《ねんざ》をおこしてしまった。尾瀬は精神的鮫膚というコトバを使ったけど。

まるで方解石《ほうかいせき》みたいに、稀の心の中は、割っても割っても、賞とトミタ・ジュンが同じ菱形《ひしがた》のカケラで飛び散るみたい。たしかにトミタ・ジュンの文章は古いが、そしてトミタ・ジュンのワルクチ大合唱も、時に楽しく気分を引き立てることもあるが、いま、私はその方法をとりたくない気分だった。

「せっかく、やっと帰ってきて、稀、そんな話ばっかりで終るつもり？　アタイ、ずうっと一人で待ってたのに」

私は赤いワインを飲みながらいった。

「そっちもくどいたらエエやないか」

「誰を」

「おまわりでも。一一〇番したらサイレン鳴らして来てくれるやろ」

「やってみたけどダメだった、アタイでは」

「もう試《ため》したんか、油断でけへん奴《やつ》ちゃな」

「だって淋《さび》しかったんだもん」

稀はとてもいい顔で笑って、

「この『股裂《またさ》けン』」

といった。これも二人の間だけの罵詈だった。「股裂け女」というときもある。稀がいうと卑猥《ひわい》に聞えずに、牧歌的な口吻《こうふん》になるのだった。

私の好きな、「濡事《ぬれごと》」というような、寝かたになった。私は稀——傷つけられた、落ちこんだ、こんなときの稀——の、顔と動作が好きだった。いつもはふざけて自分本位で躁《さわ》がしいが、ちょっとほかに気をとられているときは、しんみりした愛しかたになる。やっぱり稀のこと、私は好きなんだ、という気持が熱源になって、私をやさしくさせている。受賞にはずれてがっくりきている稀は、頰の削《こ》け具合といい、眼窩の窪《くぼ》みといい、すてきだった。それに、私の胸に顔をつけて、じっとしている稀もよかった。（なぜだか、私は、稀の場合は、自分が稀の胸に頭を凭せかけたいとは思わない）

「やっぱり、これが要るんやなあ、男って」

なんて稀はくぐもった声でいう。

「何が？」

「何がって……ウチへ帰る、オレだけの、きまった女の、暖《ぬく》みがある、っていうのがエエなあ、おっぱいとか股倉とかさ」

「ようい わんわ。アタイはボランティアの看護婦サンじゃないよ、アタイがしたいからこうしてる、ってこと、忘れないでね」

「死ね、バカ。バカのミッチイ」

私たちはすんだあとも、ながながと手足を伸ばして、じっとしていた。冷房をつけていたのでシーツが冷えて、いい気持だった。ふと、音楽も鳴らさなかったことに気付き、二人ともそんなことを忘れていたのが、好ましく思えた。

稀はシャワーを浴びてから、裸かでうろついてウイスキーソーダをかるく一杯飲み、

「オレ、仕事する。これから」

と、ハレバレした声で、気力をとりもどしたみたい。私は何となく、私から稀が受粉して花を咲かせたように思えた。それは尾瀬の場合と、そっくり同なじではないか。尤も私の場合は尾瀬から元気を授《さず》けてもらったのだけど。

そのテレビ局から、また電話がかかってきた。稀は首都でその電話を受け、出演をOKしたくせに、仕事が迫って来て、時間がとれそうにない、といって、

「断ってくれ」

といい、部屋から出てこない。電話は仕事部屋にもあるが、時間を切られる仕事に掛っているときは、稀は電話を取らない。

テレビ局は困惑していた。ディレクターは私のうちへも来たことのある人なので、お互いに顔見知りだった。彼は性急にいった。

「どうですかね。奥さんが代りに出演して下さる、というわけにいきませんか」

「あたしが」

「浅野稀夫人として。なに、映画の番組なんで、感想をいって下さればいいんです。試写室で見て頂いて、そのあと、四、五人で話して頂くんですけど、肩の凝らない座談会ですよ。女性向けの映画ですし、録画です」

「ほかにどんな方がいらっしゃるんですか」

「女医さんとか、評論家とか……」

と、ディレクターは、高名な人々の名をあげた。男も女もとりまぜであるが、その中に男性の若手映画俳優がいて、私はその人に会えるなら、いいなあ……とふと思った。

「いっぺん聞いてみますわ、主人に」

「すみません、こちらもちょっと、焦ってますので」

テレビに出ろ、という話、稀なら知らず、私にくるなんて、はじめてだった。私は何でも新しい体験にウキウキするほうなので、早速、稀に言いにいった。稀はテレビ局が

粘《ねば》っているのだと思って、私がドアを開けると、

「断れ、て言うたやろ！　ほんまにしつこいねンから。テレビは日が切られてるから、いややねん」

と勝手なことをいう。はじめから断ればいいのに、中途で断るんだから、テレビ屋さんも困ってしまうだろう。

「あたしに代って下さいっていうのよ」

「うそつけ」

「ほんとやから。浅野稀夫人として出演して下さいって」

「ワースト番組になるぜ、一ぺんに」

稀は机に両手をついている私の顔を見上げ、

「出たい？」

「出たい！」

「なら、出れば」

「浅野稀夫人だよ」

「そうかあ、ほんなら、いそいで籍、入れんならんなあ」

「あたしの籍へ、マレちゃん入れたげるわ」

「うん、それでもエエな」

と、すべて好調だった。稀が首都から帰った日以来、私たちはずーっと、うまくいってる。

折返して電話をしてきたディレクターに、私はＯＫを出した。何を着て出演するべきか、何をしゃべればいいのか、私はいっぺんに昂奮《こうふん》してしまった。それは二週間先だった。でもいまの稀にはまだ相談できない。ちょうど締切が重なって、夢中になっているので、なるったけ、触らないようにしなければ。原稿が出来上ったといっても有頂天になれない。すぐ次が控えているので、地獄の季節は続くわけである。しかし、そういうときこそ、稀にとっては平安な時間なのだ。仕事に没頭できるから。

首都で、自分の首を絞《し》めるような情報に苦しめられているよりは、仕事で苦しんでいるほうがずうっとまし、ってもんだった。

そのあくる日の、暑い夜、電話がかかってきた。出版社の名をいったが、私の知らない声だった。稀に代ってくれ、という。稀はいつもなら「聞いといてくれ！」というのに、なぜか、バネが爆《はじ》けたように受話器をとった。

「……ありがとうございました、はい。もちろん。喜んで」

と緊張して答えている。

受話器を置き、笑わないで、

「オレ、賞もろた！」

と口ごもっていった。

「うそ!」

と私はいったが、これは、おめでとう、の代りだった。私は躍りあがってしまった。

「あの、○○賞のこと? トミタ・ジュンが取る、っていわれてた、あれ? じゃ『半人半馬』がとったの!?」

「うん」

「よかったやない! あの馬は、よく走ったわけねえ、逃げ切ったんだ……」

私は嬉しくて、稀の胴体に手を回さずにいられなかった。

稀は思ったほど有頂天にならなくて、

「ま、当然でしょう……それより、今晩じゅうにこいつ仕上げんとなあ」

と、書いているほうの原稿に気をとられるようだった。私の手をふりほどき、

「祝盃はまあ、こいつやっつけてしもてからやな」

「あたし、テレビに出たら、そのこと、聞かれるかなあ」

「知らんやろ、あの賞は文壇内部のもんやから、一般には知られてない。そやけど、テレビは待てや」

「何が?」

「オレ、出るかもしれへん、やっぱり」

「そうね、この際やから無理してでも出なさいよ、せっかく受賞したんだもの」

「いや、それよかさ、やっぱり、浅野稀夫人なんてさ、まずいんやないかなあ。どこへも知らせてないんやし。時機尚早《しょうそう》やないかな」

ちょっとの間、私、稀の言葉に考えこんでしまったわけ。

4

(ねえ、それ、どういうこと?)

と、ハッキリ、稀に問いただしたかった、私。

いや、「面詰《めんきつ》」したかった、といっていい。

だって公衆の面前へ、

「浅野稀夫人」

として出ていくのは、「まずいんやないかなあ」という稀の考えってどこから来るのか、語尾に「!!!」と、三つもつくぐらい、どなりたてて訊きたいくらいだった。

「どこへも知らせてないんやし。時機尚早やないかな」なんていう。でも関係者はたいてい知ってるではないか、稀と私がかなり長く共棲《ともず》みしてるということは。「どこへも知らせてない」って、どういう意味かしら。

でも私は、その「面詰」を口には上《のぼ》らせなかった。それより、稀がどんな顔でそれをいっているのか、好奇心のほうが強くて、思わず稀の顔をじっとみつめてしまった。稀にはそのほうが「面詰」と取られたのかもしれない。視線をそらせ、

「いや、つまりさ……」

と、あたまを掻《か》いた。

「もっと別のかたちでお披露目《ひろめ》したいってこと。あんなテレビに出るってかたちやなしに……ま、パーティとか、みんなと一緒に飲むときにそれとなく、紹介するとか、さ」

「ウチダ先生のときは……」

「あ、あれは別」

稀は問題にならない、というように私の言葉を封じて、

「あんなときに紹介でけへんやないか、わざわざオレを呼んでくれはってんから」

「パーティって、何のパーティ？」

「ま、授賞式とか、さ」

稀は、少し舌を縺《もつ》れさせている。

「じゃ『半人半馬』の授賞式？」

「おいおい。管理するのかよ、オレを」

稀は束縛と管理を同義語で使う。稀の言葉は、もうこのことで、これ以上論争したくない、という意志表示だった。

それでも稀は不機嫌ではなかった。何といったって、トミタ・ジュンをだしぬいて〇〇賞を取った、というのが、稀に深い満足と自信を与えているらしい。静かに甘美な慢心が満ちてきて、それは稀を愛嬌《あいきょう》よくさせている。

私も稀の上機嫌を尊重したかった。

それに、急ぎの仕事の、どたんばではあるし、ここで彼と面詰対決して、彼に万年筆を壁に向って投矢のように投げつけさせ、

（くそ！　こんなトコで書けるか！　これから東京へ行く！）

なんて叫ばせたくなかった。（実際、昔、せっぱつまったときは、私がひとこと言ったことにたけり狂い、髪をかきむしってどなって、ほんとに、即座に荷造りして出たことがあるのだ。尤も、空港までいったら気が変り、そのタクシーで引返してきたけれど）で、話題を変え、

「テレビのことだけど、稀、ほんとに自分で出られる？　それなら沢田さんのほうはあたしが出るよか、勿論《もちろん》、凄《すご》く喜びはる、思うわ」

沢田というのは、映画番組のディレクターだった。

「いや、そのころちょうど『サクセスボーイ』と『ジュリア』が固まって来るな、締切が。オレ、あかん、と思う。やっぱり、お前出てくれよ」

私は洋画で見たように（大阪のまちにはアメリカ村やヨーロッパ村なんてあるけれど、

ほんとの外国人はごく少いんだもの、実物でそんな恰好は見たことないんだけれど）両手を拡げて肩をすくめてみせた。だってテレビ局は浅野稀夫人として出てくれ、というし、稀は浅野稀夫人として出るのは禁じてるし、封じ手だらけの私としては外国人の真似《まね》するしか、しようがないじゃないの。

「ミッチイ、お前、本名で出ろよ。主婦代表、江木蜜子、というのはどう？」

無論、私の本名は江木蜜子で、すべての公的書類にそう書いてる。そして浅野蜜子になりたい、と切実に思ったことは、同棲《どうせい》はじめの五年前から、べつになかった。ただ、稀が「有名人」になり「流行作家」になってからは、別々の姓での共棲みは、不便な点もあったことは否めない、というだけ。

「それなら、出てもいい」

と稀はいい、私はまたしても好奇心に克《か》てず、稀の顔を見てしまった。稀は今度は二度目なので、めげないで私の視線に気付かぬ風をしていた。

「沢田にはオレからいうとくからね。お前何着て出るつもり？」

テレビに出るときはずいぶん身装《みなり》に凝る稀は、私のそれにも関心があるのかもしれないが、でもまあ、公平にいって、その口調は儀礼的であったというべき。それでも助言した。

「プラチナの毛彫《けぼり》のペンダント、あったやろ、あれはわりとカメラうつり、いいよ」

それは稀のとお揃《そろ》いで買ってくれたものである。

「じゃ、ペンダントと適《あ》いそうな、プラチナのブレスレットを買ってくれよう」

と私は、すかさず、という調子でねだった。

「プラチナのペンダントとブレスレットがあれば、パジャマ着ててもフォーマルになっちゃうんだもん」

「こいつ」

「沢田さんがいけないといって、テレビに出られなくなっても、買ってくれるんだぞ」

「わかった、わかった」

と稀は嬉しそうだった。

「買やいいんでしょ、買やァ」

「儲《もう》けた！」

と私はとび上ってみせ、稀は機嫌よく笑って、すぐテレビ局に電話した。沢田ディレクターはＯＫしたようだった。

これにて一件落着、私は主婦代表として出演資格を得たわけである。私はテレビに出てみたい、と思っただけで、いま女性読者に人気のある「流行作家・浅野稀夫人」として出演したいというのではなかったから、どちらでもいい、出られればよかったのだった。でも稀が、はじめは「稀夫人」として紹介されるのを承諾していたのに、文学賞を受賞してから微妙にトーンが変ったこと、それを私が面詰しなかったこと、（もちろん、そのほうがいいと思ったからだけど。男と女が共棲みするときは、とことん渡り合うことは避けねばならない）は、何だか私の心に影を落した。

　でもまあ、それはいい、しかしその収拾を、私はプラチナブレスレットを買ってもらうことで、ごまかそうとした。

　私はちっとも欲しくはなかった、でもこの際、そんなものでもねだったほうが、うまく収拾がつく、ととっさに考え、それが成功して、亀裂は再び注意深く埋められたのだった。

　そういうカンは、私は天才的じゃないかと思った。

　そして女ならみな、この種のカンについては天才なのだ。男を愛しているかぎり。

　それに男と暮らすのは綱渡りだと知っている女なら。

　――でも、何だかこのごろ、私のハラワタの底の底のほうで蠕動《ぜんどう》しているものがある。

　それは何かわからないけど、私は気づかぬふりをしていた。自分自身に対して。

　テレビ局のスタジオというのは、ひとことでいって、明るいところ《ひなた》と暗いところ《かげ》とでできあがっている大きなＢＯＸというもの。カメラをまわされてる、つまり私たちが坐ってるところは、煌々《こうこう》と明るい日向《ひなた》で、カメラがごろごろと動いているのは陰の部分だった。日向からは、いくら目を凝らしても、陰の人々はよく見えないが、ともかくカメラの向うにはかなりの人間がいて、みながそれぞれ、何かしら任務を分担しているらしい。野次馬《やじうま》がいるわけじゃないらしいんだけど、とにかく、何をするのかわからない人間が、ごろごろいるという印象だった。

明るい日向の強烈なライトのもと、花のあるテーブルをまん中に、半円形に並ばされた。そこへいくまでにお化粧室へ連れていかれたが、私は鼻のあたまに、つや消しのパウダーをはたかれただけで終りだった。反対側の鏡には私が会いたいと思っていた若い映画俳優がいた。入念なメイクを、係の女性に施されていたが、思っていたより、ずっと平凡な顔立で、顔が小さく、背だけがやたらに高かった。

この人も、いい脚本を与えられ、いい役を振られ、いい演出家にかかると、とても魅力的にみえるタイプなのかもしれない。素顔のままだと、ずっと稀のほうが魅力的だと思った。付き人の若い男が絶えず出入りして、彼にまつわっていた。

でもその彼が人工的にメイクで粉飾されていくと、次第によく知っている、スクリーンやブラウン管での顔になり、私は大いにミーハーの好奇心を満足させられて嬉しくなった。

彼の演ずる、そそっかしい若手刑事や、誠実な見習い医師の役柄にそのまま、彼を重ねて、ぼうっとみとれたりして、いろいろ面白いのだった。

午後早くに映画を見させられ、それはちょっと辛口《からくち》の大人の喜劇だった。その感想をひとことふたこと「主婦の立場で」言えばいいだけ。出演する女医さんと女性評論家は旧知の仲なのか、絶えずしゃべり合っている。私は「江木さん」と呼ばれて返事していた。沢田ディレクターはいなかったが、これは高いところにある金魚鉢のような部屋から巨大な明暗BOXを見おろして、指図していたそうである。いちばん遅れて、ニュースキャスターの男性が駆けこんで来て、やっとメンバーがそろい、ガラス器の盛花のあるテーブルを前に半円形に並ばされたのだった。私はピンクのサテンのパンツスーツ（ほんとはパジャマである）に金色のベルトを締めている。パンツはパジャマにしてはやや細身なので、パジャマと思う人はないだろう。プラチナのブレスレットはちょっとした細工はあるが、硬い感じのものをみつけた。私ははじめての体験というヤツが大好きなので、この明暗BOXの中にいると、すっかり浮世のことを忘れてしまった。おまけに、右手に私の会いたかった男優が来たのだ！　私はとても嬉しかった。（左手は誰もいない。私が一ばん端っこのわけ）

赤いランプのついてるカメラが、ただいまうつしてる最中のです、なんて教わったが、座談会がはじまると、そんなものに気を取られているひまはなかった。女医さんとニュースキャスターが映画の中の女性の生き方に否定的で、（夫がいるのに愛人を作る妻、という設定。そのうち、夫とも離婚して、夫も愛人の一人にしてしまうという喜劇である。しかも次々に愛人がふえる可能性があることを示唆《しさ》して、映画は終る）男優はもっぱら演技の見どころについて意見をのべていた。司会者が主婦の立場で、と私に水を向けた。私はそれまでのにぎやかな応酬ですっかり気分が昂揚していて、とてもリラックスすることができた。私はたのしくおしゃべりした。

「もちろん、こんな風に生きて幸福だったら、それはそれですてきですわ。現代のお伽《とぎ》話《ばなし》と思えない説得力がありましたもの。

結婚している仲だと、だらけていられませんもの、女は。

けれど、愛人相手なら、ゆっくり、くつろげますでしょう？　愛人ばっかり、という人間関係、とてもすてきですわ、──ただね」

私がしゃべりやすかったのは、隣の席の、好もしい男優が私の横顔にやさしく視線をあてて、話のとぎれ目にうなずいてくれてる、それを感じることができたからだった。

「ただね、あるとき女のひとが、フト、

『みじめ』

っていう気を持てば、もうだめですけど」

「たくさん愛人のいる女のひとは『みじめ』ですか？」

と司会者がいい、これは見当はずれの質問。

「いいえ、それとは違いますの。男と女の関係で『みじめ』という言葉があたまの中に思い浮ぶと、もうダメじゃないかって、わたし、思います。この映画とは直接関係ないけど、そして、それはテーマからはずれるけど、たくさんの愛人をトランプの札みたいに蒐《あつ》めて楽しそうな女のひとを見て、ふっと、そう思ってしまいました。——そんな本質的なことも考えさせてくれて、この映画、とても面白かったです」

しばらくまた応酬があって、終った。

終りまで、私はもう二度とおしゃべりするチャンスは与えられなかったけれど、メンバーの話に時には笑い声も立て、笑っている顔に、横からカメラを接近されたのも知っていた。要するに生れてはじめてのテレビ出演は私にはたいそう、楽しいものだった。緊張を強いられたけれど、それも昂揚をもたらしてくれた。

ただ、ちょっとびっくりしたのは、番組が終り、フロアアシスタントの、

「ご苦労さん！」

という声を聞くや否や、隣の男優はガタガタとセットの椅子を引いて、即、席を起ち、私には一顧《いっこ》もくれずに付き人の青年に擁《よう》せられて控え室へ引きあげたことだった。私は録画中に、私に見せてくれたやさしい心遣いや視線を、終ってからも、無意識に期待していたのだ。

(失礼しました)

(や、どうも。こちらこそ)

ぐらいの挨拶《あいさつ》はかわすつもりでいたのだった。しかし巨大ＢＯＸ内のセットは、その番組が終るとすぐ撤去《てっきょ》されてしまうのと同じように、番組のために駆り集められた人々も、終ればたちまち散じてしまうのが当然であるらしかった。（失礼しました）（や、どうも。こちらこそ）なんていう粘々《ねばねば》した人間の挨拶は、

（主婦感覚というものかもしれない）

と思った。

お化粧室で化粧《メイク》を落しますから、ということだったが、私はべつにそれほど目立つ化粧《メイク》を施されたわけでもないので、いいです、といって、控え室で待っていた。沢田サンは忙しいらしく、アシスタントの男性が来て、ギャラを渡してくれた。そのとき、若い男を伴って来て、

「ラジオ制作部の光村君です」

と私に紹介した。男は背はたかいがほっそりと華奢《きゃしゃ》な軀つきで、柔和な表情だった。ただ、眼鏡の奥の眼は、いっぺん見ると、ちょっと視線をそらせにくいほど、強いものがある。彼は名刺を私に渡した。おちついたものの言いかた、大阪弁のイントネーションで、しゃべった。ラジオ番組にも、映画紹介のコーナーがあって、ちょうど、同じ映画をとりあげるのでさっきの座談会を上で（というのは金魚鉢の中）聞いていた、というのだった。

「江木さんのご意見は面白かった」

といって、私の電話番号を聞いた。

私は何しろ、テレビ出演の昂揚した残響があって、そのほめ言葉も快く聞かれた。無論電話を教えた。電車で帰るつもりでいたら、アシスタントの人は、車を手配する、というのだ。びっくりして、オカネを頂いてるからいいですわ、といったら、いやいや、と笑われた。

びっくりするのも主婦感覚なのかしら。稀はいつもそうしてもらってるらしいので、これは沢田ディレクターの配慮かもしれない。

アシスタントと光村という男が送ってくれた。二人の男に見送られてタクシーに乗りこむなんて、ちょっとした有名人気分だった。


稀はその放送を見なかった。このごろ車の免許を取ろうというので、根《こん》つめて教習スクールへ通っている。仕事がたてこんでいる最中だから、時間を作るのはとても無理なのだが、集中力のある稀のことだから、やるとなったら、わきめもふらずがんばっているのだ。

放送は午後、主婦のくつろぐ時間帯なのでちょうどスクールへいっている稀は見ることができない。

「ビデオにとっとくわ」

といったら、うーん、と気のない返事。稀は教習所通いの時間を生み出すため、明けても暮れても仕事に没頭しているのだ。

「早《は》よ車、転《ころ》がせな、浮気もでけへん」

というのが稀の弁明。

「へー。車が転がせなくったって、今までずいぶん女の子と遊んでたくせに」

「車があると飛躍的に成果があがるんじゃ」

「死ね、阿呆」

稀はげらげらと笑い、笑いながらいそがしく万年筆を動かし、動かしながら部屋を出る私にいう。

「次の月曜から一週間ほど、東京へ行く。火曜にあるねん」

「何が」

「何がって、〇〇賞の授賞パーティやないか」

(——一人でいくかねえ、うぬは)

と言いたかったが、あんまりいうと、何だか、私も一緒にとても行きたがってるみたいだし、公衆の面前で浅野稀夫人として紹介されたがってるみたいだし、黙った。でもハラワタの底のもやもやしたものは、拭《ぬぐ》い切れずある。それは、

「みじめ」

というものでは絶対、ないけど（あるいは、まだ、そこまではいってないけど）それでも納得できないもやもやであるには違いなかった。東京での授賞パーティなんて晴れがましい虹《にじ》を、二人で見るつもりはないらしい稀に、もやもやは拭いきれないが、でもそれと、稀があいかわらず好きなのとは別だった。

KYOTO 野分

1

稀の○○賞受賞も嬉《うれ》しかったが、私のテレビ出演も、私にとってはそれと同じくらい、めざましい出来ごとだった。

だから、テレビで番組がオンエアされたあと、一時間ばかりして、ピンクのバラが両手に抱えきれないぐらい配達されてきたときは、てっきり、私あてだと思って、嬉しくて飛び上ってしまった。

ところがよく見ると、

「○○賞おめでとう」

のメッセージが入っていて、それは稀へのプレゼントだった。稀の書評を好意的に書いてくれたことのある女流作家からである。この作家は三十四、五で、独身の美人である。稀と仲がいい、ということになっている。京都の衣笠《きぬがさ》に住んでいるので、稀は「衣笠のお姉さま」と呼び、時々、京大の助教授や講師の若手らと麻雀《マージャン》をやりに、彼女の家へ行ったりしている。

何気なく、小さいメッセージの封筒を開いたら、

〈男世帯が花で埋まるのも、いいもんでしょ？〉

と達者なペン字で書いてあって、女流作家のサインがあった。

おーやおや。

稀のヤツ、「衣笠のお姉さま」には、自分のくらしを「男世帯」といってんのか。

私はおかしかった。

（気取りンめ）

稀ったら、ほんと、独りもんぶりっこなんだから。

でも百本はありそうなバラの森は、私には嬉しかった。家中の花瓶《かびん》を動員してバラを挿《さ》し、しまいに傘立《かさたて》にしている玄関の壺《つぼ》にも水を張って山のようにバラを盛り上げて居間のまん中に置いた。

タチのいい、上等のバラだとみえて、品のいい香りが家中にみちた。私はうっとりとソファに坐って、さっきの画面を思い出してみる。

結論としていえば、私は私の映りかたに満足した。尤《もっと》も私の言っていることは、番組

のテーマからやや逸脱してる気《け》がなくもなかったけど、でも私は、自分の映っている姿を見て、

（やだー。見たくない）

と顔を掩《おお》う気にはならなかった。

それに、私の好きな例の男優が、私に好意的な視線を向けてくれている（それが演技だとしても）のも、私の自惚《うぬぼれ》をくすぐった。私はそれをじっくり見て楽しみ、（テレビを見てる人は、この男優《ひと》は、私が好きなのかもしれない、と嫉妬《しっと》するかもね）なんて、いい気分だった。実際は、男優は放送が終るなり、私に一顧《いっこ》も与えず、飛んで出てしまったのであって、放送中の親和的な視線は、全《まった》くの演技だとわかったのだけれども。

それにしても、私が、テレビに出たり、出た自分に自己嫌悪を感じなかったりしたことは、私に、いろんなことを考えさせた。

私って、あんがい自己顕示欲があるんじゃないかということ。

そういえば、あのウチダ先生が稀を呼んだとき、一緒に出かけたクラブで、たくさん群《むら》がってるホステスさんたちを見て、私は（こんな商売もいいな）なんて思ったこともあった。

人々の間に揉《も》まれ、微笑やジョークを乱発して、自分も周りの人も娯《たの》しみ娯しませる、

そんなむつかしいことが、できるかできないかは別として、

（やってみてもいいな）

なんて思ったことは事実だった、そして私は、そんな風に興を催した自分をはじめて発見して面白く思った。

稀は夜帰って来て、バラを見るなり、

「何や、これは!?」

「あたしがテレビに出た記念に、稀、贈ってくれたんじゃない？」

「お。今日やったんか、それならそうしとこう」

私は笑いながら「衣笠のお姉さま」のメッセージを渡した。稀はプロらしい迅《はや》い目の当てかたで一べつし、紙を粉々に破りつつ、

「ふん」

といってトイレへいく。

「男世帯でなくても、バラがあるのは、いいもんですね」

と私はその背に厭味《いやみ》をいう。

稀はトイレから戻って来て、

「男はこんなもん貰《もろ》ても嬉しないんじゃ！」

と的をはずした言い方をする。

「ふーん。何を貰えば嬉しいの？」

「ご存じのもの」

「ご存じないから聞いてるんじゃない」

「あくまでいわせるのかよ、いうたらキャー、いうくせに」

「キャー」

「阿呆《あほ》。まだいうとらへんわい」

と吉本興業風になり、

「ただし、『衣笠のお姉さま』の『キャー』だけは要らんけど」

と稀がいうので、私たちは二人でげらげらと笑ってしまう。そして以後、二人の間で、ベッドタイムのことは「キャー」という名詞になり、稀は、「今夜は『キャー』といこか」などと使う。

そしてその夜は「キャー」の発明語のおかげでとても楽しかった。御飯のあと二人で水割りをすすりながら、私の出演《で》てるビデオを見て——といったって、ほんの数十秒か、一分ぐらいのおしゃべり、それにチラチラと出る、私の笑い顔、じっと人の発言に聞き入ってる横顔なんかにすぎないのだけど——

「まるでＰＴＡの会議みたいやな」

なんていう稀の批評もおかしかった。

「もっと過激なこと、いうたらええねん、ミッチイ。オマエ、ただの江木蜜子やねんから遠慮することない」

「浅野稀夫人だったら、過激は困るけど？」

「まあね」

私は機嫌がいいので、聞き逃しちゃう。どんどん、耳から耳へ抜けさせちゃう。——二人で笑いながらテレビを消し、私はいった。

「キャーといこ、キャーと。さあさあ」

「阿呆。女のいうことと違《ちゃ》う。女からもちかけることあるかい、キャーは男が誘うもの」

「差別。男女キャー機会均等法を作らなきゃいけない」

「法律に関係ない、キャーは太古以来変ってへん。恐竜の時代から、男が誘うのを女は待ってるもんじゃ！　そういうことになってる」

「恐竜じゃなくて、キャー竜だあ」

稀はものもいわずに、私のあたまをフットボールのボールのように抱え、髪をくしゃくしゃにして、咽喉《のど》のつまったような笑い声をたてた。これは稀の最高にご機嫌なときのやりかただった。私を気に入ったときの稀のクセだった。

私もそれが好きだった。稀にそうされるときは、私も彼がとても好きになる瞬間で、それはベッドでのオルガズムと同じくらいか、またはもっと強いかというくらい、嬉しいときだった。

でもこのとき、ふしぎに私は、私のことがよくわかった。私はテレビに映った自分に見とれたり、ホステスさんの商売を（やってみてもいいな）とあこがれたりするのと同じく、とても稀をいい気にならせるのが巧《うま》いのかもしれない。稀が好きだからそうなのか、そこんとこはよくわからない。でも私は自分を、水に浮いて始終ゆらゆらしている游禽類《ゆうきんるい》のように考えた。水鳥みたいに漂って、何だか、はかない技巧ひとつで世渡りしているっていう私。男を愛してるのか、世渡りのテクニックを愛してるのか、稀という男といるとそんなことを考えさせられるのか、わからないけど。

でもとにかく、わかってるのは、小説家《ものかき》の気持って、わからないってこと。

稀は「キャーはあと廻しや」といい捨て、これから新しい連載の取材ノートを整理するといい、

「次は××賞貰うどォ！」

と私のあたまを脇《わき》から突き放して叫ぶのだ。私はほんとに驚いてしまった。○○賞だけでオツリがくると思ってたのに、なんでモノ書キというのは次々と欲を出すのかしらん。こんなに本が売れて人気が高くなって、賞も貰ったんだから、もういいじゃない、と思うのは素人考えなのかしら？

しかし稀は上機嫌で、

「ミッチイ。一つだけ約束してくれよな」

「なんだい、お前さん。ことによるよ」

「オレが、『キャーしよう』いうたときは、してくれるねンで、すぐに」

そうして私の返事を待たず、笑いながら仕事部屋へ入っていく。

「××放送ラジオ制作部の光村です」

と電話があったとき、私はすっかり、光村という男の顔を忘れていた。しかしおちついた大阪弁のイントネーションと、よく透《とお》る声で、柔和な面《おも》ざしの青年の顔がすぐ浮んだ。

ラジオの映画番組に出てくれないかという。

映画評論家があらすじを話すので、ごく一般的に応酬して、感じたままをしゃべってくれればいい、というのだった。だいたいは担当アナウンサーと評論家だけの番組だが、月に一度、一般応募者から女子大生やOL、主婦たちを選んで出演してもらっているという。

私は新しい映画が見られると思ったので、稀にことわりなく、喜んで承知した。稀に相談しようにも、稀は東京から帰ってすぐまた、九州へ取材旅行に出かけていた。

ラジオは、今まで私はFMを多く聴《き》いていたけれど、その話があってから、一日じゅうかけてみたら、(CMはうるさいけれど)選んで聴けばテレビより面白かった。何でもスグ乗気になる私は心待ちに放送の日を待っていた。

前日に試写を見、(それは上質の喜劇だった)翌日放送局へいく。入口の受付に光村が立っていた。眼鏡の奥の眼が、とても印象的な光りかただと思った。

ラジオのスタジオというのも、これも箱である。ただしこれは明るい。明るい、小さな箱の中で、私は一人、ぽつんと待ちながら、光村の言葉を思い出す。まがりくねった放送局の廊下を歩きながら光村は、

「このあいだのテレビの放送は、面白かったですよ」

と前に聞いたことをまた、いう。

「評判もよかったです。かなり反応があったそうです。お聞きになりましたか?」

「いいえ」

「ホカのんはあかんけど、江木さんのおしゃべりはもっと聞きたかったなあ。あの司会者、アホやね」

「は?」

「アホな質問、しよりましたやろ?」

「うーん、そうだったっけ?」

たしかにあの司会者は、まとはずれな茶々を私に入れていたが、でも一緒になって「アホや」ともいえない。

「ああいうトコで、ちょっとだけ出るのは勿体《もったい》ない話やった、江木さんは」

と光村は重ねていい、何だか、若いけれどこの男は思いこむと頑固なんじゃないかと想像させられるようなものがあった。それも、私にはなぜかわからないんだけど、やたら私に肩入れしてくれてるって感じ。

その光村は、いまは透明なアクリルの壁の向うにいる。男たちが三、四人いるが、彼らの声は聞えない。

新幹線が遅れたといって、映画評論家があたふたとやって来、私は、(忙しい人は遅刻するものなのか)と、以前のテレビ出演のときと同様に思い、遅刻する人に畏敬《いけい》の念を持ってしまう。そういうところが私のミーハー的なところである。評論家は練《ね》れた表情の、半白の髪の男性だった。私は彼の名前は知っていたが、勿論《もちろん》、会うのははじめて、

(ずいぶん、いろんな人に会えてよかった!)

と思った。

映画の話は評論家のあらすじ紹介からはじまり、彼の水の向けかたが巧いので、私は大いに楽しんでおしゃべりできたのだった。

そうしてあっという間に終り、「ではこれで」と評論家がいうのと、

「時間ぴったり」

と光村がアクリルの壁の向うから声をかけてくるのとほとんど同時だった。さすがに馴《な》れているなと私はまた、素人の驚きを持ってしまう。評論家はさっと立ち上ると、私に会釈して笑うが早いか、

「車、来た？」

とドアを押して入ってきた光村にいう。分秒刻みのスケジュールに追われているのだろうかと、私はそれにも感心してしまう。もちろん、稀だって分秒刻みのスケジュールという時もあるのだが、稀は、仕事部屋に一人籠《こも》って書いてるときが多いので、体を移動させないぶん、よくわからない。

「今日も面白かった」

と光村は私に言い、しかし私は何をしゃべったか忘れてしまった。

「できたら、また出てもらえませんか」

と光村は大股《おおまた》で歩きながらいう。長身なので、どうしても大股になってしまうみたい。

「仕事になると、おっくうに思われるかもしれませんが、やって貰うと有難いです」

「仕事？　あれが？　わたしにはとてもすてきなリクリエーションだったけど」

「はあ、そういう江木さんの、ヌーとしたところが面白いんですワ。江木さん、途中でキャッキャャッ、いうて笑《わろ》てはりましたやろ」

「ごめんなさい、いけなかったですか？」

「いや、あれがよかった」

「だって喜劇だったし。お話も面白くて」

「しかし、話が堅《かと》うなる人が多うてね、それで、あんなに明るい話ができる人が欲しかった。オタクは根アカですか？」

私、根クラとか根アカとかいうコトバはきらいだった。誰だって同じように明るい分子や暗い分子は持ってると思うのだ。ただそれをどう表現していいか分らないだけ。それに人生の相棒の資質にもよるのだもの。

「ともかく、あんた、ヌーとしてはりますよ」

と光村は満足そうにいい、私はその形容がよくわからないなりにおかしくて、光村が好きになった。


ヌーとしてる、ってどういうことか、と思ってたら、

「それは、エレガント、ということですよ」

と尾瀬はいう。

ラジオが放送された夜、電話がかかってきた。尾瀬が、

「いま、車で聞きましてねえ。なつかしい声やな、思て」

というではないか。

「いま？　車からですか？」

「名神走ってます。名古屋からの帰りです」

「ソレハソレハ」

「エレガントなお声でしたな、ラジオではひとしお」

「あたし、ラジオ局の人に、『ヌーとしたところがある』といわれました、どういう意味でしょう？」

「わかりそうな気がします。天衣無縫《てんいむほう》というのんかなあ、ノビノビしてるのんか、それはエレガント、いうことですよ。エレガントな人と、また、『いとこ』したいですなあ」

私は笑わずにいられなかった。尾瀬はいう。

「いま、大阪へ向けて走ってますがねえ、そちらへ着くのは二時間あとになりますが、今夜は？　予定は？」

「でも二時間あとなら、九時になってしまいますわ」

「九時からはオトナの時間ですよ。ご主人には仕事をして頂いて、あんたにはエレガントな充実をして頂く、というのはどうですか」

それからまた、

「この間のテレビを、偶然、見ましてねえ。『結婚してる仲だと、だらけていられへん、愛人相手ならゆっくり、くつろげる』というあんたの発言がおかしかった」

「いつかの会話が、ツイ、出てきてしまった」

「お役にたって幸わせですな。あのう……」

「何ですか」

「車、運転しもって、受話器もってる、いうのは、ほんまはヤバいんですワ」

「そうでしょうとも。失礼しました、切ります」

「そんな意味やない、テレビやラジオのお仕事に役立つような会話を、また仕入れはったらどうやろか、と。それで、九時以後になりますが、お誘いにあがってもかまいませんか、と。早《はよ》う返事して下さい、車の運転しもって受話器もってる、いうのは……」

「わかってます！」

私はおかしくて楽しさのあまり、イライラして爪《つめ》を嚙《か》んだ。どんどん、自分のことで発見してしまう。私って、こんな風に、遊ぶのが好きで、ヌーとしてしゃべり、放送中にキャッキャッと笑うのが好きな女なんだわ。

稀の一挙一動に気を遣い、男と暮らすのは綱渡りだと思い、男のひとことを、泥ゾウリを投げつけられたように思う、そんな私も私だけれど、決して、それだけの面ではなかったってこと……。

2

尾瀬と、キタの曾根崎《そねざき》ちかくのおでん屋へいったときはもう十時前になっていた。

「ご主人はお仕事ですか？」

というので、旅行中だというと、

「ではこの近くの店にしましょう」

私もそのつもりだった。フォーマルな場所でないほうがいいと思って、黒いセーターに、白黒の千鳥格子のパンツを穿《は》いていた。プラチナのペンダントとブレスレットはつけていたけれど。尾瀬はいう。

「おでん屋なんか、いかがです」

「あ、そういうのがいいの。あたし、一応食事をすませたし、お化粧も落したし……」

「火を落した、というのは昔の言い方にありますがねえ。女の人というのは、お化粧を落すと、それが一日の終りですか？」

「まあね。落して、また、一からはじめる時もないではないけど、今夜はそうしたくない気分だったの」

私は笑いながら、人さし指を唇にあてて、

「だから、口紅《ルージュ》もつけてません」

と聞えまっせ」

「人心を攪乱《かくらん》するようなことは、言わんといて下さい。それは男には、キスしてもええ、

「おやおや。そんなつもりでは」

「なかったとは、言わせません」

「じゃ、そうしときましょう」

と二人でげらげら笑い合ってタクシーで曾根崎まで行ったのだった。私は久しぶりで尾瀬に会えて嬉しかった。がっちりした矩形《くけい》の体つきの中年男がそばにいるのも、物珍らしい気分だった。逢《あ》わずにいるとすっかり忘れているけれど、見るとすぐ思い出して、そうそう、こんな風だったと心でうなずく、特徴のない尾瀬の顔がすてきなのだった。ちょっと垂れ眼で、笑うと暖かい感じになる目尻《めじり》の皺《しわ》もいい。

私は尾瀬の前にいるとイキイキしてるくせに、武装解除して身軽になった弾みを感ずる。のんびりくつろげる仲は、男女関係では最高だという尾瀬の持論の通りだった。

おでん屋は中年のサラリーマンらしい男が三人ばかり、あとは若くない男と若い女、若くない女と若い男、という取り合せ、それに初老の男と女のカップル、そんな人たちが白木のカウンターに向っていて、みな思い思いによくしゃべっているので、店内は賑《にぎ》やかで気取らない感じ、銅の四角い大鍋に、なみなみとおでんが浮き沈みしていて、湯気の向うで、白い上っぱりを着た禿頭《はげあたま》の親爺《おやじ》さんが、注文を聞いた。酒を運んでくる

のは、白い割烹着《かっぽうぎ》に着物のおかみさんである。私はすっかり嬉しくなって揉み手をしながら、

「蒟蒻《こんにゃく》と、厚揚《あつあげ》。牛蒡天《ごぼてん》と……うーん」

と考えていたら、

「まあ、そういっぺんに言わんと、ぼちぼち」

と尾瀬にたしなめられてしまった。

昔、稀と暮らして貧しかったころ、二人でよく大阪の下町の「新世界」へ出かけたものだった。この庶民の盛り場の食堂には、おでん定食、串《くし》カツ定食、うどん定食なんかあって、チャンと白い御飯と黄色い沢庵《おこうこ》がついてくる。おいしくておなかもできて、一本のビールを二人で飲み、稀は、

「旨《うま》かった！」

といって、それが極上の奢《おご》りの宴会だった。新世界では散髪代も着るものも、よその町の半分ぐらいの値だから、私たちはよく利用した。私のサラリーと稀の失業保険で充分、やっていけた。

屋台のおでんや串カツをしっかり食べ、あとで大衆食堂へ寄って「ごはんと味噌汁《みそしる》」だけを取る、ということもできた。ごはんには大盛と小盛もあって、ああいう下町の食堂は合理的で思いやりがあって廉《やす》いのだった。

今は「シミジミと贅沢のよさ」を楽しむような生活になったので、おでん屋へいくことも絶えてなくなった。

それで、こんな気取らない店へくると私は嬉しくなって揉み手をしてしまうのである。おでん屋を思いついた尾瀬のセンスは、とてもいいな、と満足する。

「ここは珍らしく十二時ごろまで開けてましてね。新聞社やテレビ局の人らも遅くにくるようですな」

といいながら尾瀬は自分で日本酒をついでいる。

私も日本酒をもらった。口にふくむと、暖められた酒は匂《にお》いが高く、人肌恋しい味である。

（ワイルド・ターキーの冷いロックよりも、こっちのほうが美味《おい》しいかもしれないわ）

と私は思い、また一つ発見をする。私は放送中にキャッキャッと笑えるだけではない、新しいモノに遭遇すると、そのたび、

（あ。こっちのほうがいいかも）

と思うクセがあるらしいのだ。男もそうかしら？

やっぱり時間が遅くなるほど、客がたてこんできた。ほかの店が閉まる時間である。客はみな年輩の男女だった。

「どういう人たちでしょ」

と尾瀬に耳打ちしたら、

「僕らみたいな人々と違いますか。つまり、話すことがいっぱいある人ら。ということは夫婦ではないわけですな。しゃべってないで黙々と食っているのは夫婦もんです」

と尾瀬がいうので笑ってしまう。

「少くとも、みな、オトナね。九時以後にうろうろしている夜行動物は」

「そうそう、しかしオトナになりすぎると、また、夜は早う寝とうなる。眼が保《も》たへん。ですから、まあ、まん中ぐらいのオトナですな、九時以降に歓会《パーティ》できるのは。いや、息ぬきできるのは。いやいや、だらけていられるのは、というべきですな」

「そうそう」

と今度は私がいう番だった。

「九時以降に二人ともだらけていられるって、オトナじゃなければできない」

それからまた、尾瀬に、私の出演《で》たテレビやラジオのことを言わせたくて、

「あたしの、どうでした？　感じとしては」

と聞いた。女って、ホメ言葉を無限に貪《むさぼ》り聞きたいものなんである。

「彗星《すいせい》が現れたという感じ。フレッシュでしたよ。みな、名前を知りたがったと思うなあ。この人、誰？　という感じでね」

「うふふふ」

「あんまり名と顔を知られるのは、オトナとして上等の人生とはいえまへんけどなあ……おたくのご主人みたいな仕事は、しょうないけど。女のひとは、世間に顔と名を知られないほうがよろしねんけどなあ。ホンマは」

尾瀬はいかにも残念そうにいいつつ、お猪口《ちょこ》を口へはこぶ。

「そう？」

「当り前でっしゃないか、僕があんたをどこぞ旅行へ誘うとする」

「おやおや」

「こっそり旅する、ということがでけへんようになります。フォト・ウイークリイ、なんてのに追いかけられる」

「まさか」

「それに、たくさんファンができると、嫉《や》けます。僕はファン第一号やから」

「ああ、こういう『九時以後』は大好きよ！　そんなことといってもらうって、女は大好きやねんわ」

私は感激してしまった。そうしてお礼のつもりで右手にいる尾瀬の眼を見つめてにっこりしたら、尾瀬もにっこりして私の眼を見つめた。

私と稀との仲では、まだ話すことはいっぱいあったが、それでも眼をみつめ合って話す段階はすぎていた。視線で繋《つな》いでおかないと心が漂っていきそうな恐れ、この幸福がまだ信じられずに、たしかめようとして視線を結び合せる貪婪《どんらん》な愛、そこの章はもうすんだレッスンだった。むしろ視線を合せるときは何か異変のあるときだった。

しかし尾瀬とにっこりし合って私はどぎまぎするくらい嬉しかった。尾瀬は視線を結び合せたまま、

「あんまり名と顔を知られて不自由にならへんうちに、旅行しませんか」

なんていう。

「なんのために?」

「法事ですよ。秋の京都で法事、なんてちょっとええ、と思いませんか?」

「誰の法事?」

「雀《すずめ》の一周忌」

私は笑いに噎《む》せてしまった。笑いで緊張をなしくずしにしてくどく、なんてこれは新《あら》手《て》だと思った。尾瀬も笑って、喪主の都合がついたら、いつでも電話して下さいというのだった。きっと愉快な法事になる、といわれて私は少し酔いもまわっていたので、尾瀬の肩に凭《もた》れてくすくす笑ってしまった。頑丈で矩形の男のボディは、肩さえも凭れかかるのに具合よかった。それに、尾瀬にやっとくどかれたことで、どことなく辻褄《つじつま》の合ったような、ホッとする気分だった。

その、「雀の法事」より先に、ほんもののパーティが急に（私には少くとも、急にと思われた）催されることになった。稀の○○賞の授賞式とパーティは東京であったけれど、大阪でもお祝いのパーティをやるという。

稀の原作をテレビ化する話で、××放送から電話があり、ついでにその係の人は、

「ウチから三人いきますから」

というのだ。

「は？　どこへ」

「受賞お祝いパーティ。『ピンクパンサー』であるんでしょ、パーティが」

私は聞いていなかった。「ピンクパンサー」というのは、ミナミの畳屋町にある、しゃれたレストランで、私たちはここを贔屓《ひいき》にしているので、店は知ってるけど——。

電話を切って稀の仕事部屋へいき、

「『ピンクパンサー』で何か、やるの？」

と聞いたら稀は万年筆を動かしながら顔を上げず、

「お。サクライなんかが音頭《おんど》取りしてくれてパーティするって」

サクライというのは関西に住んでいる若手作家で、稀の友人で麻雀仲間で遊び友達だった。

「ふーん」

「『衣笠のお姉さま』なんかも発起人になってくれてる」

「たくさん？」

「ま、百人ぐらいかな」

「そんなに入るの、あそこ」

「入らなんだら膝《ひざ》の上へ乗ってもらうって」

「あたしは誰の膝に乗ろうかな」

「オレはあかんデ。オレの膝には品田かほるが乗るかもしれん」

と、書きながら稀はげらげら笑う。

「品田かほるも来るの？　司会か何か、するの？」

「司会は小川嬉々にやらせる、ってサクライがいうてた」

キキか。役者が揃《そろ》ってるなあ。

「あたしも行くべきか、行かざるべきか、それが問題」

「来てもええデ」

と稀は簡単にいったが、これ、私がたまたま知って問いただしたから「来てもええ」というのであって、知らなければそのままになっちゃった、というていの答えだった。

つまり稀はそんな会が催されることを、私に知らせる意志はなかったといっていい。

私は白《しら》けて行きたくない気に傾いたら、

「行けよ」

と稀はご機嫌をとるようにいう。

「アタイは文化勲章もらう人みたいになるの、いやだよ」

「文化勲章って？」

「ほら、旦那サン前に坐って勲章つけて、後にそれぞれの奥サンが立ってはるって、あいう内助の功もついでに表彰するっていう風になるの、いやだもん」

「ほんなら離れてたらええやないか。隅っこにまぎれこんでたらええねん。そのほうがおもしろいやろ。東京から△△なんかも来る」

それは私も顔を知ってる、稀の担当編集者なので、そんな知り合いがいるなら、おしゃべりも弾んで、手持無沙汰《てもちぶさた》にならなくていいかとふと気が動いた。それに、私って、二人だけの「雀の法事」も好きだが、パーティなんかも好きなんだ。すっかりその気になり、

「ドレス買わなきゃ」

というと、稀は、

「おいおい、何かあるたびに買うのか」

「アタイのお金で買うわよ。この間、稼いだんだ」

私は嬉しさに舌なめずりする。それこそ雀の涙だけど、この前のテレビとラジオの出

演料、手をつけずに現金のまま置いてあった。何しろ、「自分の稼ぎ」というのは久しぶりなので嬉しくって。稀は私のお金の使い方に文句はいわず、判コもカードも小切手帳もあずけてくれているが、私はとても大事にお金を扱うので、気ままに費消浪費する楽しみは長いこと忘れていた。

私は秋らしい黒のジャージイのドレスを買った。ちょっと短かめで、軀の線がぴったり出るが、柔い生地なので着心地はいい。胸元が思い切って開いているので、下着のスリップも着られない。家へ帰って着てみて、プラチナのペンダントをつけてみたら、

「アホの一つおぼえみたいに、そればっかりやな」

と稀はいって、翌日、ぽんと有名な宝飾店の紙包みを私に渡した。

「着けてみ」

ダイヤとルビーで埋めた大きな渦巻で、ペンダントにもブローチにもなるように作られている。

「文化勲章ですぞ」

と稀はいうので私は大喜びで稀に飛びつき、その晩の夕食はどこへも出ず、家で食べて、赤いワインを抜き、楽しかった。

稀が私のために、その有名な宝飾店のショーケースの前に立ち、あれかこれか、撰《よ》っている姿を想像すると、過去現在未来のすべてに渡って稀のすべてを恕《ゆる》したくなるのだ

った。

「嬉しい。ありがと」

と私はその宝石渦巻を首につけたまま食事をした。稀は肉を切りながらいう。

「高価《たか》かったよ。そのぶん、見返りをもらわんならん」

「どうせローンでしょ、見返りも分割払いにするわ」

ベッドでもその楽しさはつづいていて、酔っぱらった稀は鏡をベッドのそばへ持ってきた。それは脚にキャスターのついている、スペインの細長い姿見だった。

「あ。未知との遭遇」

と私はいったが稀は笑わないで、鏡の前で私を膝の上に乗せて、なまめかしく酔った眼を鏡にそそいだ。裸かの私と、その私のうしろに掩《おお》いかぶさっている、やはり裸かの稀は坐った魚のように銀色に光ってみえる。

〽恋人達はときどき
　不思議なミラーをのぞく
　二人は知らない時代
　どこかで一度めぐり逢っていたはず
　　（松任谷由実・作詞）

ずっと前に二人とも好きになって、いまも好きな『REINCARNATION』の歌が突然私のあたまに響く。稀は静かに脚を開く。すると私の脚も開き、これははるかな過去のDÉ JÀ VUだと私は思う、たしかに昔見たことがあるわ、このミラーの中の風景は。

魚のはらわたが瞼《まぶた》をおしひらき、鏡を不思議そうに見ている。私はそうしたいという誘惑に克《か》てず、身悶《みもだ》えするように身をくねらして自分から稀に接吻する。〽Far beyond time この次死んでも　いつしかあなたを見つける REINCARNATION ……渦巻の宝石を私と稀の胸のあいだに挟んだまま、私たちはベッドに沈みこむ。

渦巻の宝石をつけて私は、稀と「ピンクパンサー」へ出かけた。やたら寒い夜だったが、私はこの秋はじめて毛皮を着られるのでいい気分だった。黒いミンクのハーフコートである。

クロークにそれをあずけているうちに、稀は連れていかれて、舞台みたいに一段高くなって、スポットライトのあたるところにいた。私は首都の編集者と挨拶した。

拍手が起って、稀は背の高い女に、胸に蘭《らん》の花を飾られている。女はキキだった。向日葵《ひまわり》のように真ッ黄色のドレスを着ていた。

会場は人、人、人で、その上、思ったより女たちが多く、稀のまわりに殺到して、まだ会がはじまっていないうちから、もう盛り上ってしまった感じだった。

キキがマイクをとってしゃべりはじめた。

「まァまァ、みんな、抑えて抑えて。マレのそばにいきたいのは分るけどさァ、今夜は知性と教養の宵《よい》やねンからなー」

いちばん知性と教養のないのはキキの声だと思ってしまった。がらがらしたかすれ声で、雑駁《ざっぱく》な荒っぽい大阪弁が、凄惨《せいさん》なばかりだった。でも稀は、人々のあたまの向うで笑っていた。まるで私と無関係の、ヨソの男にみえた。

3

「ピンクパンサー」の中は暖房と人いきれで蒸《む》れていた。ここはパステル調の色を使った、アール・デコ風のインテリアで私の好きな店だったが、いまは壁も見えぬほど、人と花で埋まっている。

正面の一段高いところの壁には、

「浅野稀君の〇〇賞受賞を肴《さかな》に飲む会」

と横書きされた幕が張られていて、天井近くにも両脇にも、蘭や百合《ゆり》、ガーベラなどのフラワースタンドが所狭しとあつめられ、（それには出版社の名とともに、どうやらバーやクラブなどの名もあるらしい）その中央に、向日葵いろの真ッ黄色なドレスのキキと稀が立っている。まるで花の中の雄蕊《おしべ》と雌蕊《めしべ》といった風に。

または、結婚案内状の、ハート形に刳《く》りぬいた穴へ貼《は》りつけられた二人の写真のように。

稀は特別に礼装ではなく、そのくせ、稀がキメるとこうなる、という見本みたいな恰《かっ》好《こう》。茶色のゆったりしたツータックのパンツに、焦茶《こげちゃ》の千鳥格子のジャケット。わざとノーネクタイで、こういうとき稀はシャツに凝る。ポール・スミスのからし色のシャツというでたち、これは前以《もっ》てキキのドレスとカラーコーディネイトしたのかしら、――と思うぐらい、二人はぴったりだった。

乾盃《かんぱい》の音頭とりは「衣笠のお姉さま」だった。やや顔が身長に比べて大きい気がするが、りりしい表情の、美人といってよかった。秀抜な濃い男眉《おとこまゆ》で、はきはきした口調、ちょっとユーモアを取り添えて短いスピーチをして乾盃、それからあとは自由に飲んだり食べたりするだけで、演説はなしという趣向らしかった。それでも、折々はキキがマイクをとって、敬語ヌキの口調、

「ここらで友人代表で、サクライさんにしゃべってもらおか。サクライさんスピーチ嫌いやけどナー。サクライさーん、どこにかくれてるのん。麻雀の借金、催促してんのちゃうデ。あれは待ったる」

などというのだった。このキキの、デカダンなばかりに潰《つぶ》れたハスキーな声と、下品な舌使い（こんな言葉あるかしら？）に、結構ファンも多いらしく、好もしそうな笑い声があがった。キキを贔屓《ひいき》にする人の感情の中には、差別的な優越感があるのかもしれ

ない、と私はウイスキーの水割りを啜《すす》りながら思った。第一、私だってキキのことを、ひそかに、

（あたし、あそこまで下品じゃないわ）

と軽侮してるではないか。同性のことをそんなふうに思うなんて、私の中の「武士道」というか「騎士道」というか、精神的水位からいうと許せないことだった。あってはならないことだと思うが、でも現実に、キキが、

「ほんまか、へー」

といったり、

「アレ、なにしとんねん、こっち、こっち」

などとあらけなくいうと、キキがすらりとした美女だけに、目も当てられない気がして、当惑と抵抗感を打ち消し難かった。私も「取るに足らぬ女」だなー、とつくづく感じさせられるのだった。女が女のワルクチをいうなんて、夫婦が同腹で口を揃えてヒトのワルクチをいう、その次くらいに、いやらしいことだった。夫婦が一緒になってヒトのワルクチをいってはいけないのは、夫婦というものはもともと、お互いに低めあう性質があるから。

——だから、汚いことをすると、よけいに汚くなってしまう……のだ、と私は思う。でも、私と稀は、夫婦顔はしていなかった。少くとも、このパーティでは。

私は稀のいったように片隅に隠れて、ウイスキーのグラスに時々唇を当てながら、人々を見ていた。女たちのほとんどは、テレビ関係の人や、タレントたちのようだった。それが稀のゆくところへ、巨大な夜光虫のかたまりみたいに群れて動くのである。

私は顔見知りの首都の編集者としゃべっていた。あちこちで笑い声があがり、人々は顔見知りをみつけると、遠くからグラスをあげて合図し合ったり、あるいはそばへ近付こうと、人々の間を分けてもぐりこんだりしている、そんな雰囲気が私は大好きだった。といって私は編集者と稀以外に知り合いはないのだけれど、とてもパーティの雰囲気を楽しむことができたのだった。少くともはじめのうちは。

そのとき、編集者がのびあがって入口を見、

「あ、品田かほるだ」

といった。会場にどよめきが走り、頭はいっせいに動いた。私もテレビで顔を知っている、ホンモノの、生きて動いている品田かほるが白いモヘアのセーターに、黒いタイトスカートという恰好でやってきた。キキと同じくびっくりするような長身だった。想像していたよりもっとほっそりして、小さな卵型の顔は陶器のようにすべすべしている。ほんとに品田かほるが来るなんて思っていなかったので、私は昂奮《こうふん》してしまった。どうせ仕事のついでなのであろうけれど。みんな猛烈に拍手したり笑ったりするので、どうしたのかとのびあがってみると、品田かほるが、映画やテレビで見馴れた魅惑的なほほ

えみを浮べながら、稀の頬にキスしているのだった。そうして、稀の原作のテレビドラマに自分が主演することになったので、ぜひ見てほしい、とスピーチした。そうか、それなら宣伝にもなるから来るはずだと私はつじつまが合う気がした。

でもミーハーたる私は、もっと品田かほるを近くで見たくて、

「ちょっと」

と編集者にことわり、稀に近い場所へ移動していった。何となく品田かほると話を交したくなったのは、映像で見馴れた彼女に、あるイメージを自分なりに作っていたからだろう。

やっと近くへ寄れた。キキはいなくて、品田かほるは稀と、サクライという若い作家と三人で楽しそうに話しこんでいた。サクライさんは、写真で見るより丸顔で、黒縁の眼鏡をかけた気弱そうな表情の、作家というより学生っぽい人だった。

でもやっぱり品田かほるは、輝くばかり美しかった。稀はかほるのことをボロクソにいっていたが、まんざらでもない親しさでしゃべっているではないか。品田かほるは近眼なのか、色っぽい眼付きの女で、微笑《ほほえ》むときちょっと捲《めく》れあがる唇の端が、やや淫蕩《いんとう》な感じを与える。でもその感じは、彼女本来のものではなくて、稀と向き合うことから醸《かも》し出される「感じ」なのだと私は思いつき、

（おやおや、おぬし、やるな）

と思ってしまった。これも女の勘だから、なぜ、どこが、といわれても困るんだよ。

(フハー!　お見それしやした、お二人さん)

という感じのショックだった、といっておこう。そこへボーイさんが、盆にのせた水割りウイスキーのグラスをいくつも運んで来たので、稀はかほるに一つ取って与え、自分のためにも新しいグラスと取り替えた。

そうして今はサクライさんをのけて二人で熱心に話し込んでいた。それで私は、稀とかほるのたたずまいから、いつかのベッドタイムで、「未知との遭遇」を経験したについては、品田かほるの存在があずかって力があるんじゃないか、と思いついた。

またいえば、品田かほるのつけているイヤリングは、私の文化勲章の渦巻宝石にムードが似ていて、それは同じ工房の製作品といってもいいくらいだったから、製作者ばかりでなく、贈り手も同じではないかという想像をもたらした。これも(フハー)という感慨、私は自分をいよいよ「取るに足らぬ女」だと思いながら、そう思って自分の気持を叱咤《しった》すればするほど、この勘は、

(アタってるよ、うん)

と思わずにいられないのだった。私はいつも稀がホカの女と寝ると、

(ヨカッタネー、どうだった?)

なんて気になるのだが、どうもこの、キキと品田かほるだけは、(ヨカッタネー)と

思えなかった。嫉妬というのでもない。何だろう？

それは彼女たちが、「衣笠のお姉さま」同様、稀のうしろにいる私の存在を、全く、知らないせいじゃないかと思われる。「男世帯」に花を添えてると思って、稀に、大っぴらにいちゃついている。私は焦《あせ》ってしまった。

私の前に、新しく露をふいたグラスがさし出され、

「今晩は」

というので見ると、ラジオ局の光村だった。見上げるような長身で細い体つき、柔和な面ざしで、眼鏡の奥の眼つきがいい、この青年は何だかマスコミ人種というより、浮世ばなれた天文学者の卵のようにみえる。

私は新しいグラスと替えてもらって、

「今晩は」

とにっこりした。

「こんなところで失礼ですが――」

と光村はいいかけたので、

「あ、失礼な話なら聞かなくていい」

と私は笑った。タベモノをちっとも口に入れずに飲んでばかりいるので、私はもう、かなりまわっていた。

「楽しい話だけ、しましょうよ、こんなところでは」

「そうスな、仕事の話はまた、電話でします。でも、ぜひ『映画スーパーシート』はつづけてほしいんですが。あ、やっぱり仕事の話、してしまった」

「いいえ、それはあたしのレジャーよ、仕事じゃないわ」

私はしこたま機嫌よく、愛想よくいった。心に屈託があるときほど私は愛想よいということは、誰も知らない。そのとき私の横をキキがしゃべりながら通り抜けていったが、その後ろ姿が何だか蝦蛄《しゃこ》みたいにみえ、

「光村サン、何ンか食べない？　おなか、すいちゃった」

「ええ、まん中のテーブルが一ばん豪華でした、もしまだ残されていれば」

二人で人波をかき分けていってみると、——女性客の多いパーティの常なんだけど——もはや残骸《ざんがい》の山、ボーイさんが新しい料理の皿を奥から幾つも運ぶのだが、テーブルへ置くより早く売れてしまう。

「生存競争に勝ちぬくのは大変スな」

なんて言いながら光村は、紙皿に私の分を山盛りして持ってきてくれた。

テーブルのそばで女性の一団がかたまって、箸《はし》やフォークで紙皿をつつきながら、

「そーよー。作家の奥さんて、ほんと、身の置き場に困っちゃうの」

という声がしたからびっくりしたが、それは私のことを言ってるわけではなく、話の

様子ではサクライ夫人と、誰か、やはり物書きの奥さんたちの会話のようだった。

「家で仕事してるときはこっちも外へ出るわけにもいかず。トランプのひとり占いなんかしてたりしてるの」

「仕事できない、といっちゃ遊びに出、できたといっちゃ遊びに出。男ってホント……」

「そ。それも一人きりで、ねーえ」

「ねーえ。ほんと、やりにくい人種よ、物書きって。それでわたしが家をあけると怒る」

「主人は仕事の完成という目標があるからいいけど。ワタシ、麻雀を完成してるわ」

ふはふは、とみな笑っている。関西にも物書きはふえているとみえ、見ると、まるで「関西物書き若妻連合」というような感じで、作家夫人たちは群れていた。向うは無論、私を知らないのと同じく、私も、彼女らに面識はなかった。しかし彼女たちは横に連合して交際があるようであった。

突然また拍手の波が盛り上り、まるで紅海の水がまっ二つに割れたように人波が二つに裂け、先頭に著名な関西の男性作家が、モーゼの如《ごと》く出現した。ちょうど私のいるテーブルの近くが会場のまん中になっていて、作家をかこんで、稀や、「衣笠のお姉さま」、サクライ氏、品田かほる、そのほかの人々が集まり、作家は稀と握手するところを写真にとられたとみえ、あちこちでフラッシュがたかれた。

若妻連合会の連中は、わらわらとそのサークルへ合流し、稀と「衣笠のお姉さま」が、作家に彼女たちや、品田かほるやほかのタレントを紹介している。BGMが何だかディスコっぽく変ったので、会場はにわかに喧騒《けんそう》に包まれた。ついでスポットライトが飛び交い、浮々《うきうき》したムードになった。演出した人々は、いろいろ趣向をこらしているようである。

私は牡蠣《かき》に目がないほうなので、光村が持ってきてくれた殻つきの牡蠣を食べながら、華やかな一団を眺めていると、中心にいる作家を囲んで、流れはズーっと私の近くに寄ってきた。

それで私と稀は眼が合ってしまった。

私はウインクした。

でも稀は私を見ていて何も見ていないように顔色が動かない。まるで空気を見るように視線が私からすべり、作家と話しながら、別の人に目をあて、その人を紹介する。

一団は回遊魚の群れみたいに私の前を通り過ぎていった。

光村と二人きりでホテル日航のバー「夜間飛行」で飲み、そこに十二時までいた。パーティはお開きまでいずに脱け出してきたから、光村と三、四時間、いたことになる。「夜間飛行」は午前二時までやっているのだが、さすがにそれまでは粘《ねば》れなくて、タクシーで送ってもらう。

「今日はとても愉快、何の話をしてたんでしょ、今まで」

私はタクシーに乗ると安心して、ネジのゆるんだ声になってしまう。光村は私よりはシッカリしている。

「雀が死んだ話でした」

「そうでしたっけ？　忘れてしまった」

「ガラス戸へパーンと」

「そうそう、それから何ていいました？」

「僕も忘れてしまった」

「わかりました、雀を埋めた木にはそれから子雀が鈴生《すずな》りになって、チュンチュンと枝じゅうやかましいんです」

一瞬私も正気に返り、記憶をとりもどす。（光村サン、京都ロイヤルホテルの向いの街路樹のプラタナス、初夏のころ、雀が枝じゅうに生ってるの、知ってますか？）（知りません）（チュンチュン、ピーチクパーチクとてもうるさいんですよ、でも姿は見えません、繁りに繁った葉っぱで見えない、でも何百羽という子雀が枝に生ってるんです）（みてみたいな）（来年の初夏、京都へ雀の生る木を見にいきましょう）そんな話をしたが、もっとほかに何か、しゃべったかもしれない、でもあんがい酒飲みはその場ではシッカリして分別があるのを、私も知るようになっているので、心配はしなかった。

それに、何となくこの、おちついた、天文学者の卵みたいに浮世離れた光村に、私は信頼感をもっている。彼ならあとで、

（アンタ、酔っぱらってこんなこと、いうたやないか）

といわれる心配はなさそうであった。

タクシーを下りるとき、私は、光村に握手を求めた。長時間快く私のお相手をしてくれたので、感謝と友情を心の封筒におさめて、その上に封蠟《ふうろう》するような握手だった。

光村は笑わないで、眼鏡の奥の眼を強く私にあて、冷い手で握り返した。ずいぶん長い節高《ふしだか》な指だと思った。

帰ってみると、やっぱり稀はいない。二次会、三次会と流れているんだろう。私は香草《ハーブ》入りの石鹼《せっけん》で顔を洗ってパジャマに着更えてから眠った。

稀が帰ってきたのは午前三時、私は酔いと正気の間の、一時的正気という、始末のわるい時間だった。起きあがって居間へいってみると、稀はジャケットをソファに投げ出して、冷蔵庫から「六甲山の湧水《わきみず》」というおいしい水の瓶をラッパ飲みしていた。

「お前サンの本なんか、不買運動してやるからな」

と私はいった。

「目ェ噛んで鼻噛んで死ね！」

「何怒ってんねん」

稀はじっと立っていられないくらい酔っていて、赤くなったなまめかしい眼を私に当て、焦点を据えようと努力していた。

「パーティで、あたしの顔見て、知らん顔したやないのさ」

「オマエ、牡蠣食うとったやないか」

私は笑い出してしまった。このプリプリ怒っていたのに、次の瞬間笑ってしまう、というのも、酔って精神状態が不安定なせいで危険な状況である。しかし稀は笑わないで、

「何いうとんねん、牡蠣食うとったくせに」

とくり返して、

「オレ、あんなとこへ身近な人間入れるのん、イヤなんや、そやから隅へ引っこんどれ、いうたやろ」

「わかってるよッ！」

「わかっとったらエエやないか、自分で文化勲章みたいなんキライや、いうたくせに」

「だけど、つまんなかったんだもん。せっかくのパーティに。もっといろんな人とおしゃべりしたかったんだもん。チヤホヤされたかったんだよう」

「オマエのためのパーティちゃう」

「だってあたしも一緒に楽しんじゃいけないの、あたしは何なの、マレちゃんの」

「おさせ、じゃ」

稀がそういったのは、冗談でおさめよう、という気があったからに違いない。酔ってケンカすると、私たちはエンドレスになる気味があったから。「おさせ」というのは、松鶴《しょかく》の落語《はなし》に女房のことをいつもこう呼んでたからである。でも、いまの私は笑う気もしない。

「みじめだった、あたし」

ついにポロリと「ミジメ」が出てしまった。あの焦りはミジメという感情だったのか。

4

私はもう飲みたくなかった。それなのになぜか私の手は勝手《ひとりで》にジム・ビームをゴボゴボとグラスに入れ、手づかみで氷をぶちこんで、それを居間のテーブルに乱暴に置いている。酔いがあるので動作が荒っぽくなっていた。

テーブルの天板《てんばん》はガラスなので、不安になるほどいやな音を立てた。

〈みじめ〉なんてコトバを発したので、私自身、傷ついた。みじめ、なんて自分で思うと、ほんとうに〈みじめ〉というバイキンの保菌者になってしまうのに。

いつかテレビ出演したとき、自分でいった言葉を私はおぼえていた。――「男と女の関係でみじめという言葉があたまの中に思い浮ぶと、もうダメじゃないかって、わたし、思います」――急に不吉な気分になった。

しかしへんな酔いの残っている私は、あとへ引けないのだ。そのくせ、あたまはぼんやりしていて蜘蛛《くも》の巣がかかったみたいで、その六角だか八角だかのネットに露の玉のように、

〈みじめ〉

というコトバがきらきら光って、ひっかかっていた。

「何がみじめ」

稀はジャケットを持って寝室へ入りながら面倒くさそうにいったが、また居間へやってきたときはパジャマをつかんでいた。

「何をからんどんねん。けったいな奴ちゃな、ええ機嫌で帰ってきてんのに、何でヘンなからみかた、されないかんねん」

大いそぎで着更えて、

「すんまへん、横にならせて頂きます」

と私にお辞儀する。その言いかたとしぐさは、ふだんなら愉《たの》しいベッドタイムの前のおふざけだった。寝るとき稀は揉み手をしたり腰をかがめてお辞儀したりして、（えー、

毎度お世話になります）などとふざけてベッドへ入ってくる。私たちはそこでキャッキャッと笑い合って、愉しくいちゃつくのであった。

だから私がそこで稀に調子を合せればすんでしまえたのだ。

しかしなま酔いの私は、この場の気運を見きわめられない。

「逃げるのかよ、たまにはちゃんと話ぐらい、しろって」

と全く酔いどれのからみ風。稀は逃げ腰で、

「ともかくオレ、寝るわ、しんどいねん。話はあした聞く」

あしたか。

あした、あした、あした、あした……で日は過ぎてゆく。過ぎていっても、それはかまわない、一日一日が愉しければ。

そして事実、稀との一日一日は面白いんだから飛ぶように日は過ぎてゆく。一年二年はすぐすんでしまう。月のうち十日は完全に稀はいないんだから、よけい、稀と二人きりで過す日は愉しくて、アッという間にひと月はたってしまう、というもんだ。

それがなんでみじめかと私は酔ったあたまで考えて、

（フハー、マレちゃんが考えてること、あたしによくわからないところが出てきたからだ）

と気付いたのだった。昔はよくわかった気がしていた。貧しかったころ、稀と二人で

よくいった、昔のあの大阪のミナミ、「新世界」のうどん定食なんていう、ハカナゲな、しかし旨い食事、あれを食べてたころの二人が、私には文化勲章だったのだ。フェイマス・アンド・リッチなんていう稀は想像もできなかった。そうなってみると、それはそれで面白いんだけれど、どうもつかみどころのない、「けったい」な部分が稀に生れて、私を当惑させているのも事実。「浅野稀夫人」としてテレビに出ちゃいけない、なんていわれると、これは全く「未知との遭遇」、稀が何を考えてるか分らなくなってしまう。

「お、そやそや、思い出した」

稀は寝室へはいりながら、

「忘れんうちにいうとくけど、『小説海流』のグラビアの撮影、あさって来るデ」

そういわれると私も、悲しいことにすぐ有能な秘書にすり替ってしまい、

「うん、予定表に書いてるよ」

「仕事部屋ともう一枚、撮《と》るって。今日、『海流』の編集者も来てた。居間で酒飲んでるところ、とか欲しいって」

「ここで？　片付けとかなきゃ」

「いや、散らかってるほうがええ、そのほうが……」

「男世帯らしいかい？」

「まあ、な」

稀はげらげら笑い、よっぽどパーティの流れで面白いことがあったんだな。

「あたしはその撮影のあいだ、どこにいたらいいのかな、八階から飛び下りとくのかな」

「飛び上ったらどないや、屋上へでも」

「とにかく消えてりゃいいのか」

「そういうこと」

「サンタクロースの馴鹿《トナカイ》みたいじゃないかい、サンタクロースが大見得切ってるあいだ、馴鹿は物蔭《ものかげ》へかくれてる、また次の家へいくとき馴鹿は引き出されて、雪道をせっせと走ってサンタクロースを運ぶ、用のないときは、どっかに繋がれてる」

「ええ役目やないか」

「馴鹿としては、サンタ爺《じい》さんといっしょに子供たちにプレゼント配って、大歓迎されたいときもあるだろうと思うんだ、アタイは」

私はやっと酔いが快調にもどって口がかるくなった。

「というよかさ、サンタ爺さんといっしょに、『このウチの人は心がきれいそうな人だから二倍のプレゼントにしよう』とかさ、『貧しそうだから三倍あげておこう』とかさ、サンタ爺さんと同じ経験をしたいんだと思うよ、馴鹿は。サンタ爺さんもそうじゃないかなあ」

「そんなことしてたら、誰が橇《そり》引っぱンねん」

稀は話に釣られたのか、居間のソファに戻ってきて坐り、

「オレ、水割りの薄いの、つくってくれ、ウイスキーの」

なんて言い出した。私はよろこんでつくった。やっぱり酔いどれのから み風になるよりは、フッーにおしゃべりしたいのであった。そうして稀がその気になってくれさえすれば私も容易に「フッーのおしゃべり」になるのだ。

「そんな文句の多い馴鹿なら売ってしまえ、ほんでおとなしい馴鹿を使うやろなあ、オレがサンタならね」

なんて稀はいう。

「いやなサンタさんですね」

「もともと厭味《いやみ》な奴《やつ》よ、サンタクロースて。いや、サンタの役目というのはそんなところがある、目立ちたがりや。物書きといっしょ。オマエなあ、ミッチイ、物書きの女房《よめはん》いうのは馴鹿といっしょやねん。サンタが大見得切ってるときは、物蔭で繋がれとったら、ええんじゃ」

私は笑い出し、釣られて稀も笑い、いい気分になった。

「そんで、『浅野稀は男世帯』ごっこを一緒に演じてたらいいの？」

「そうそう」

「いつまで？」

「しかるべきときまで」

「よくいうよ。アタイが『男世帯ごっこ』に飽いたらどうするのさ」

「そのときは新しい馴鹿を見つけるやないか」

「くるかい、アホ、誰が馴鹿なんかで繋がれてるかい、いまどきの女の子」

「オレは有名人やぞ」

「有名人にいちいち惚《ほ》れててオンナ商売が張っていけるかよ」

「ハンサムではあるし」

「どうッちゅうことない」

「金はあり……」

「税金でみな持っていかれるくせに」

「夜のキャーのサービスも卓抜」

「締切で追われてなければ、の話ね。そんで、締切で追われないとき、というのは、出版社が休みか、倒産したか、ストで機能麻痺《まひ》してるか、のとき。ですからマレちゃんはゆっくりキャーを楽しむゆとりもない。そんな男なのに、これ、アタイだから、いてやってるんだ」

「馴鹿が大きな口叩《たた》くな」

といいながら、稀はげらげら笑う。

「馴鹿で何が不足なんや。さっき、ヘンなこというてたな、何がみじめやねン」

「だからいってる。サンタ爺さんと一緒にプレゼント配る馴鹿になりたいって」

「目立ちたいのか、名刺つくって肩書に『浅野稀・妻』と入れたいのか、テレビのクイズ番組に浅野稀夫人と下に書かれて、ツラをさらしたいのか、あんなんやってる有名人のおくさんも居《お》るけど、オレ、好かんねん、ミッチイにだけはそんなん、して貰いとうない」

「いや、目立ちたい、というのでもないんだわさ……」

「サンタと一緒にプレゼント配る、いうのはそういうことやないか、有名人の妻やから自分も有名人やと思いこむ、あの阿呆な女らと一緒になりたいのか」

「ううん、そうじゃないけど……」

「結婚式とか入籍とか、扶養控除とか、のことを考えてンのか、まさかそんな俗なことは考えてえへんやろな」

「いや、それとも違うんだ、このままでいいよ、アタイは」

「ほな、何が不足やねン、オマエの金の使いかたで文句いうたか、けちったか、オレが」

「いうてない」

「オマエに勲章も買《こ》うたったし」

「品田かほるに買ったついでにね」

稀は不意をつかれた顔、

「オレ、いうたかな？」

「いわない。カマかけたんだ、ざまみろ」

「くそ。ボロの出えへんうちに寝よ。早《は》よ寝んかい、オマエも。夜が明けてまうぜ」

「うん」

「馴鹿はだまって橇引っぱってたらええねン」

「そんで引っくり返したッたらええねン。サンタは転んで立ち往生、馴鹿はドンドン走っていっちゃう、うん、これでいこう！」

——どうやってベッドへたどりついたか不明。二人ともぐでぐでに酔ってた。でもおしゃべりしてよく笑ったのがよかったのか、翌朝は——といったって昼近くまで眠っていたけど気持よく目がさめたのだった。

稀はもう起きて仕事部屋に籠っているらしかった。自動車学校に行く時間を作るために、夜を日に継いで仕事をしている。ただいまの稀の生きる希望は、車を転がして東京まで行ってみたい、ということである。もちろん一人で、である。

床のなかでゆっくり、朝寝をたのしんでいると電話が鳴った。稀は拋《ほう》っておくつもりらしく出ない。私も拋っておくつもりだったが急に気が変り、出た。仕事の電話がもうはいっていて、私はこれも習慣上、右手にボールペンを自然に握ってメモしている。

服を着更えたり、顔を洗ったりという一連の動作のあいだに、ゆうべ、というか、今朝未明に、というか稀と交した会話を思い出した。稀が何かをいったとき、私は「そういうのでもないんだけど……」と、「……」のつく言葉でしか答えられなかった。でもいま、その「……」の内容《なかみ》がわかった、私は稀と「男世帯ごっこ」をしてもいいのだ、喜んでおかしがって協力するだろうけれど、それを二人とも同質におふざけとしてやるなら手を貸す、というのだ。

しかし稀のほうはまともにやってる、という気配が濃厚である。そこのくいちがいに不透明な、気がかりがある。

「釈然としない」というコトバは、こういうときに使うのではないかと思った。有名人の妻として目立ちたいとか、肩書入りの名刺をつくりたいとか、扶養家族として国家に登録されたいとかいうのではないのだった。私は二人でふざけたいのだ。おふざけで「男世帯ごっこ」「ハンサムな新進作家の独身者ごっこ」を二人で遊びたいのだった。遊びというのは片方がマジになると、片方は頓《とみ》に白けてしまう。軋《きし》みはじめると橇も引きにくいってもんだった。その軋みを稀は、「ミッチイにだけは、有名人の妻づらをする阿呆な女になってもらいたくない、扶養控除や入籍を考える俗な女になってもらいたくない」などというが、それは微妙なところで、わざと取り違えてごまかしている、うさんくささがある。

（稀の美意識みたいにみせかけてるけど、あたしを利用した美意識はかなわんなあ）

と私は思った。

しかし私のしたことは、といえば、それをいってもう一度稀と議論するのではなく、仕事部屋をノックして、明るい声で、

「オハヨ。ゆうべは楽しかった。——稀、コーヒー飲む？　お昼ごはんはシッカリ食べる？　かるーく？」

と訊《き》くことだった。ハードな仕事をしているとき稀は、かるいランチ、小さい松花堂弁当とか、きつねうどんとかを摂《と》るのがならいだったから。

「コーヒー。何も入れないヤツ。昼めしはかるく」

と背を見せたまま稀は答え、

「水」

「ん？」

「酔いざめの水じゃ、咽喉《のど》かわいてしゃァない、朝起きたら兎《うさぎ》の目ェみたいにまっ赤になってた。二日酔い一歩前やった」

口早にしゃべる。しゃべりつつ書いている。

「何時に起きたん？　マレちゃん」

「オレ八時。目ざましかけといた」

「知らなかった」

「扶養家族はノンキで羨《うらや》ましいよ、時計のベル鳴っても起けへん。扶養者のほうはよろめきよろめき、机まで這《は》うていったんやぞ」

——そういう稀の可愛さに、「釈然としない」ことはみな忘れ、私は笑いながら、

「男なら黙って稼げ！　愚痴るな！」

と稀の背中をどやしつけて、かるい足どりでキッチンへいくのである。


「小説海流」のグラビアの撮影が、マンションであるという日、冗談ではなく稀は、

「映画見てきてもええデ」

というのだ。

「人手が要るんじゃない？　お茶出すとか」

「いや、ついでにインタビューするから、女の子らも来る、人手はある」

「落ちこませないでよ。あたしは居ても居なくてもいい人間なのかよ」

「夜だけ、居《お》ったらええねン」

そういうとき電話があり、ラジオ屋の光村だった。

「ブレスレット、落されませんでしたか、あのパーティの日」

そういえば、あれから見ていない。

「僕のポケットに入っていました。なんで入ってたんか、わかりませんが、ホテル日航で飲んでた時やないかなあ、……プラチナの奴です。送ります」

「また仕事で局へいくこともあるでしょうから、あずかっておいて下さい」

「しかし、大切なもんでしょ、僕、アクセサリーはようわからへんけど、会社の女の子に見せたら高価《たか》い、いうてました。あずかるいうても、男世帯では危《あぶ》のうて。会社のひき出しにも入れとけません」

光村は独身者らしいので、その「男世帯」はほんとみたいである。彼は偶然いったんだろうけどおかしくて、

「じゃ、これから局へゆきます。どこかへ出かけようかなあ、と思ってたの、ちょうど」

「僕、今日は休みなんで、自宅《うち》から電話してます。ほな、車で届けますワ。よろしか？」

その車でどこかへいこう、ということになった。私は受話器をおき、稀の仕事部屋へ飛んでいって、いわずにおれない。

「みろみろ、アタイだって車持って迎えにくる男がいるんだ」

「うそこけ」

稀は万年筆の手も休めずにいう。

「うそかどうか、三十分たったら玄関で張ってるがいいや。ピッカピカの男が車持ってアタイを攫《さら》いにくるんだわさ」

「物好きな奴もおるもんや、そいつによろしくいうてくれ」

光村だからピッカピカといってもまちがいではない、と私はセーターを着更えながら笑ってしまった。実をいうと、「家にいなくてもいい」と稀がいったとき、私は尾瀬興産に電話して「社長さんに連絡して下さい」といい、尾瀬が出て来たら、「雀の法事」をしませんか、といってもいいなあ、という気になっていたのだ。しかしそういう持ち重《おも》りするフルコースの料理は、人生の晩餐《ばんさん》として、もっと先へのけておいてもいい気がした。晩餐をとるにも、人間的腕力というか器量というか、そういうものがいるのだ。ただいまの私ぐらいの器量では、光村ぐらいの一品料理《ア・ラ・カルト》がぴったり、だった。

ちょっと早目にマンションの入口に立っていた。雲の多い風の強い日で、弱い初冬の陽《ひ》が前の公園いっぱいに当っている。空《むな》しく過ぎゆく刻《とき》を目の前に見るような一瞬だった。男と女が共に暮らしていて、空しく刻の過ぎゆくのを自覚するのはヤバいんじゃないかという予感が、私の胸を掠《かす》めた。

5

光村の車というのは、まるで移動する個室で、うしろのシートには折りたたんだ毛布や、デニムのジャケットが投げこまれ、スニーカーも床に転がっていた。それにティッシュの箱と魔法壜《まほうびん》らしきもの。男世帯そのものというべきか。

私が坐った前のシートの物入れにも地図やサングラスなんかがあふれていた。

「すんません。あわてて来たもんで。ガラクタ片付ければよかった」

「あたし、たくさんのモノにかこまれてるほうが好きよ」

といったが、車を持たない私にも、光村と車の、

〈ただならぬ仲〉

というのがわかりそうな気がした。光村は彼の人生のかなりの部分を、この車を愛《いと》しむことに割いているのかもしれない。そんな親和感が、光村と車をつないでいる。車はそれを私に看破されて、頭をかきかき、

（いやー、わかりますかァ）

と顔を赤らめているような気がした。車が顔を赤らめるってへんだけど。

「あたしの思うのに、光村さんはずいぶんこの車と仲よしね」

と私はいった。光村は信号でとまり、

「通勤には使ってないんですが」

「でも、あなた、車と同棲《どうせい》してる、って感じよ」

「同棲ねえ」

光村は笑って、

「それはあるかもしれません。僕、休日は必らず車転《ころ》がしてる。個室が好きなんやなあ」

「おウチでだって個室でしょ」

「あれは密室ですよ。男は、外の見える個室が好きなんやな。世間の賑やかな中に身を置いて、それでいて一人きりの孤独、いうのがよろしいねん」

「光村さんて、哲学するんですね」

「アホなんですわ、哲学なんてもんと違う」

私の左の手首には、光村に返してもらったプラチナのブレスレットがちょろちょろとした感じでさがっている。私たちは京都への道をとっている。私は早い昼飯というか、おそい朝食というか、雑誌社の撮影にそなえて、へんな時間に軽い食事を稀と摂っていたが、光村はまだ食べてない、という。それで京都の嵐山《あらしやま》で弁当でも食べようと、いうことになったのだった。

その提案は私を喜ばせた。

京都は尾瀬とともに「雀の法事」をするためにとってある、という感じだったが、でもそれはずっと先の楽しみでよかった。楽しみはなるべく先にあるほうが尖鋭化《せんえいか》するってもんだった。

京都の、ロイヤルホテル向いの街路樹のプラタナスに子雀が鈴生りになる、それを見にいこうと光村といったが、それは初夏のことで、いまは秋もたけてしまっている。

「時代祭もすぎたし……」

と光村はいう。

「鞍馬《くらま》の火祭も終ったし、大堰《おおい》川の紅葉《もみじ》祭も終ってるし、もう京都の今年の打ち上げ花火はみなすみましたよ」

季節の行事については、光村は仕事がらくわしそうだった。

「紅葉も散ってますね……べつに嵐山でなくてもええねンけどな」

光村は横にいるので顔は見られないが、弾んだ口吻《こうふん》だった。眼鏡の奥の強い眼つきも嬉しさに細まっているような気配である。

そんな気分を率直に出すなんて、すれてない人だと私は思った。ずっと昔、ある女流のことを、あの女《ひと》にも少女時代があるのかと疑っていた、という人がいたが、この男、光村はいまも少年時代が続いているという感じである。

突然、白い小さい車が横手から突進して、光村は急停車した。車を運転しているのは口髭《くちひげ》を立てた若い男だった。私がにらんでやったら、知らぬふりをしてそのまま車を出した。

「死ね、阿呆」

と私は罵《ののし》っているのに、光村はべつに怒った風もなく、また車を発進させる。何となくこの男は怒ったことなんか、ないんじゃないか、という気がする。

車が急に停まったので、物入れが開いて雑多なものが落ちてきた。使い捨てカイロやら、テレホンカード数枚、すっぱくて目がさめてしまう「ドライバーズ・フレンド」というキャンディの箱、バンドエイドの箱、それにこれは落ちなかったけど懐中電灯。

「何やこれは。所帯道具が散らばってる」

というと光村は嬉しそうに笑う。以前、尾瀬が、

（のんびりくつろげる男女関係は最高ですよ）

といったが、ほんとにそうだと思った。尾瀬とはまた別の意味でくつろげるのだった。尾瀬のときはそのやさしさによりかかりたい気になって、つい、だらけてしまうのだが、光村のときは冗談をいったり、はしゃいだりしてだらけていられるのであった。それに光村も、尾瀬とは感じが違うとはいえ、そばにいられて不快ではないのだ。車に沁《し》みついた男臭い匂いも、私にとっていやではなかった。

なんで後部座席に毛布があるか、という話になった。光村はこの前、京都の北のさる

お寺を探険にいった。探険というのは、そのお寺には怪異があらわれるという昔からの噂《うわさ》で、それをたしかめにいったという。

「仕事で？　録音構成かなんかで？」

「いや、プライベートな道楽で。僕、大学では探険部へ入ってましてね。廃村の、人っ子一人いてへん村へ仲間と泊りにいったり、幽霊出る、いう家で泊ったり。そんなことやってたから」

やっぱり私の思った通り、ヘンな趣味の、人間ばなれした男だった。

「へー。あたしはまた、光村さんって、天文学でもやるのか思ったわ。のっぽだから、星が見やすいだろうし」

「そっちのほうがよかったな、うん」

光村は楽しそうにいった。

「それで、怪異は出たの？」

「それなんですが、もしかして、車の中で一晩中見張ってないといけないかも、と思《おも》て毛布持っていったんです。——お寺の人にはいうてあったから泊めてくれた。夜中すぎ、物凄《ものすご》い音が屋根の上でしました」

「怖《こわ》！」

「石臼《いしうす》おとしたような音で、てっきり屋根が抜けた、思いました。もう辛抱でけへん、僕、部屋を出て、お住持さんのいてる庫裡《くり》まで走っていった。ほんま、怖かったですよ」

「だって探険にいったんでしょ、そのぐらいの予想と気持の準備はしてたでしょ」

「してても怖いですよ。僕は夢中で走った、廊下は庭に面してるけど、雨戸がズーっとしめてある。すると今度は、雨戸に、大石でも当ったような轟音《ごうおん》がした」

「ヒャー。落石か、なんかですか」

「そのときはそう思うた、庫裡の障子あけて真っ暗な中へ、『お住持さん、ここへ一緒に寝させて下さい』なんて叫んでしもた」

「やあねえ……そんな怖い思い、なんでせんならんのですか」

「まだあるんですよ。そこは庫裡や無《の》うて本堂でした。僕は怖さのあまりか、方向まちごうて、本尊の阿弥陀《あみだ》さんがいてはる本堂へ入ってしもた、シーンとした真っ暗い中で、木魚《もくぎょ》がひとりでにポクポク……」

「きらい、きらい！」

「それはウソですが、僕の声を聞きつけたんでしょうな、反対側からお住持さんが来て、どないしました、と電灯つけてくれた。僕は真っ蒼やったそうです。

『今晩は狸《たぬき》がようあばれよる。客好きでなあ、うちの狸は』

とお住持さんはいって、僕を、自分の寝床の横へ寝させてくれました」

「狸でしたの？」

「あくる朝見たら、屋根も雨戸も何ともない。てっきり大石が当った、と思った雨戸の外には、砂粒一つ、ないんです」

「ふしぎ」

「ふしぎでしょう。世の中には、ほんとにふしぎなことがありますねん」

「それが怪異でしたの？」

「いや、もっとタチのちがう怪異が、その寺に現れる、といいますね。何しろ、平安末期からの寺なので、いろんなことがあるんでしょうなあ。しかしお住持さんは話したがらない。怪異を見たものは怪異について語らない、という暗黙の申し合せみたいなものがあるようです。タヌキのいたずらぐらいでは怪異にならないそうでしてね」

「フーン」

私は、男と女が棲《す》むことのむつかしさも怪異かもしれないと思ったりした。そのむつかしさは、知ってる人には言わなくてもわかるだろうし、知らぬ人には言ってもわからない。結局、みな「暗黙の申し合せ」で黙っているのではないか、と思われた。

私がそんなことを思ったのは、光村といて楽しいけれど、意識下では絶えず、稀のことを考えているからだった。「小説海流」の記者は来たのかしら、撮影はスムーズに進行しているのかしら、稀はどんな風に「男世帯ごっこ」をしているんだろう、と考えていたのだった。

車は名神高速をスコスコと走り、京都へ入って高速を捨て、鳥羽《とば》大橋を渡っていた。空は大阪で見たときより曇り、寒そうだった。私たちは、世の中は凡人の考えてるより、もっと奥ふかく、科学で解明されないことがまだまだあるに違いない、という結論に達した。

「そのお寺、見たいわ。泊ってみようかしら」

といったら、

「やめて下さい。『映画スーパーシート』のために、江木さんを危い目には会わせられません。やっぱり、職業意識が出てきます」

と光村がいうので笑ってしまう。尾瀬のときもそうだったけれど、私って、ヨソの男といて、わりにリラックスして楽しめる女だと発見した。

それは尾瀬なり、光村なり、がいい男だということもあるが、私も、

(あんがい、いい女なのかもしれないわ)

というところに気がついた。稀の「男世帯ごっこ」に気を腐らせておちこんでいたので、よけいその発見は嬉しかった。自分に自信が出てくるのであった。

西院から西へ、京を出はずれるとほどもなく大堰川に突き当る。白っぽい道の向うに、まだところどころ散りおくれた紅葉のみえる嵐山が視界いっぱいにたちはだかっている

が、空が灰色のせいか、暗鬱《あんうつ》なトーンの山肌だった。

渡月橋《とげつきょう》を渡らないで、手前の小さい店に入った。車を置くところがあるので、光村はいつもここにきめているという。「嵐山の四季」という松花堂弁当を取ることにした。

暖かい車から出ると、びっくりするほど、底冷えがした。

京都はもう、完全に冬に入っている、と思われた。それでも、ゆたかな水量の大堰川と冷くて清らかな空気が嬉しくて、私は川のそばまで歩いたり、また料亭へ帰ってきて庭の床机《しょうぎ》に坐って嵐山を眺めたり、した。

光村は車から、「お手軽カイロ」を取ってきて袋を破って私にくれた。

「風邪《かぜ》を引いてもらうと、番組にさしつかえますからな、江木さん一人の身ではなし」

「ほんとにタレントみたいな気になってきたわ」

「僕、考えてるんスがねえ、番組に『好きなお店』というのがあるんですよ、そういうのも引き受けてもらえると嬉しいな、おいしいものをさがして紹介するというだけ、時間のあいたときにいってもらえば。いま『おすすめひとり旅ガイド』というのもやってますが、そういうの、どうです。江木さんの感じで面白いと思うけどな」

寒いので私たちはほとんどくっつき合って緋毛氈《ひもうせん》の床机に坐っている。客は少かったが、それもたいていたてものの内（入れこみの大座敷だけれど）へ入っていて、この寒いのに外へ出ている人はいなかった。

でも私は、嵐山が見えるほうが好き。目の前に屏風《びょうぶ》のように立っている、暗色の山を見るのは、いつもマンションから見おろす味気ない町と違って、すがすがしくも快かった。それに、

「寒い？」

なんて光村が腕をまわして抱えてくれるし。私はこの際、「好きなお店」も「おすすめひとり旅ガイド」も、片っぱしから引き受けていい、という気になっている。

松花堂弁当が来たので、まずあったかいお吸物を飲む。ちょっと葛《くず》を引いてあるので、その熱さが嬉しかった。光村はまた車の中からデニムのジャケットを取ってきて、私に着せかけてくれて、

「僕は、あんまり寒さを感じないほうでしてねえ」

といいながら、くしゃみしていた。湯豆腐かなんかのほうがよかったかもしれない。――といっても、ガラス障子越しに見る大部屋座敷の客たちも、寒そうな、つまらなさそうな顔だった。座敷へ入ってしまうと、嵐山も川も見えないので。

食事をすませて車へかけこみ、暖かくなってくると、やっと人心地がついた。大覚寺《だいかくじ》のほうへ車を走らせ、大沢の池のそばをゆっくりまわる。枯れすがれた草の根方にしみじみと池の水がみなぎっていて、枯葉が降りしきり、風が出ているようだった。大沢の池と広沢の池はいつも私を夢見ごこちにさせる。ずっと昔に見たような、物なつかしい

池のほとりの景色。

枯葦が鳴っていて、池を渡る風は冷いが、その冷さも「どこかで一度めぐり逢ぁていたはず」というなつかしさ。

停めた車から池を見てると、そばにいる光村と、もっと近くへ寄り添ったほうが自然な気がして、私は体をにじらせてくっついた。光村は私が寒がっていると思ったのかして、最高温度六十八度、持続時間十二時間という例の使い捨てカイロ、

「もうなかったっけ？」

といいながらボックスの中を捜している。

「違うのよ、こうしたいのよ、もっとくっついていい？」

私は光村の腰に手をまわして、思いっきりぎゅっと力を入れた。

「暖かい。なにをびっくりしてるの？」

「屋根に石臼が落ちてきた気がした」

と光村がいうので、二人とも笑ってしまった。笑うと筋肉の顫《ふる》えが伝わっていっそうおかしくなった。私が腕をまわしてぎゅっと力を入れることのできる細い光村の軀は、水によく洗い晒《さら》したような、キレイなものに思えた。彼は首を曲げて私を見る。

柔和な面ざしは変らないけれど、眼鏡の奥の眼が光を増したようだった。

私がもっと若ければ、流れに任せて、そこでキスしたかもしれない。とてもしたくな

るような、柔かそうな、おいしそうな唇にみえた。眼鏡のレンズもよく磨かれていて、黒い枠《わく》も可愛くみえたし。

　でも私がいった言葉は、

「運転できないわねえ、これじゃ」

　といって、離れて、

「ぼちぼち帰るかな。名神で混むといややから。——ねえ、帰りにも怖い話して」

光村は廃村へ三人の友人と泊りにいった話をした。静寂《せいじやく》そのもののような村の夜明けがた、虚空《こくう》で不意に声を聞いた。友人たちはホトトギスの声だ、いやヒヨドリの声だ、と言い張ったが、みな、顔は引きつっていた。光村はものもいえなかった。子供の声で、たしかに光村には、「おかえりなさい」と聞えたのである。人っ子一人いない廃村で。

　車は茨木《いばらき》あたりで渋滞しはじめていたが、私は恐怖のあまり笑い出してしまった。そのうち、何だかほんとにおかしくなり、げらげらと笑ってしまった。

「あ。ヌーとした感じになってきた」

　と光村が嬉しそうにいう。尾瀬はやたらに私にエレガントだとほめてくれたが、光村は「ヌーとした」というのが私の特徴だというらしかった。

　渋滞して大阪へ帰ると七時になってしまった。一人になると私はかなり急いでエレベーターに飛び乗り、八階へあがった。

稀は出ていて、部屋は一応もと通りになっていた。撮影のときは机やソファをよく動かすものだけど。——コートをぬぎ、寝室へ入ってみて私はびっくりした。私の部屋着やスリッパ、大きい肩掛けなどというものが乱雑にベッドに投げ出されている。これらは居間にいつも置いているものだった。

洗面所へいってみると、私のマニキュアの瓶、化粧品のたぐいはみな姿を消していた。洗面台の下の開き戸に手当り次第、という感じで押しこまれてあった。歯ブラシも一緒。写真立ての私の写真は、靴箱の中に抛りこんであった。稀の仕事に違いない。私がいたという痕跡《こんせき》を消すためらしいが、かなりこまかいところまで気をつけているのが、私には興味深かった。よほど想像力がなければ、大ざっぱな男では、こんな細工はできない。私は笑い出していちいち、もとあった場所へ戻していったが、その笑いは、光村の話じゃないけど、怖さのあまり笑い出す、というところがあったのだった。稀の周到さが不気味に暗く思えた。

NEW YORK 粉雪

1

グッチのスカーフは床にながながと散っていた。

私がちょっと感心したのは、寝室の小テーブルの上に乱雑に投げ出されてあった、私の小物だった。これらはみな居間のテーブルの、ガラスの小物入れにあったもの。

ティファニーの銀のシャープペンシル。

和光の銀のペーパーナイフ。

黄金色《きんいろ》の小さいオペラグラス。

それらは別に私だけの使うものではなくて稀《まれ》も使っていた。オペラグラスは実用というよりも、稀が窓の外を見て遊ぶもの、時にはクリスタルの猫のペーパーウェイトと同じように、メモ用紙の重しにもなるというものだった。だから私と稀との共用品である。

けれどデリケートな感覚のある人間なら、ちょっと女ものの匂《にお》いを嗅《か》ぎとるかもしれない。

それより更にデリケートなのは稀だと思った。こんなにこまかく気をつけるというのは、よっぽど腹の坐った、

「ワル」

でなければできないんじゃないか、と思った。そのこまかい芸当に感心したのだ。

この場合の「ワル」は悪漢というより、奸智《かんち》(それは想像力と貼《は》り合せになっている)というようなもの、ではないかと思った。

奸智がそもそも、小説家たることの要素だろうけれど。

私はカフェ・オレをつくって居間で飲んだ。

小物を元通りに、あったところへおさめ、私の肩掛けをソファに置き、写真立てを(それはちょっと前、稀が取材用のカメラを買ったとき、練習に私を写したものだが、天神橋のまん中で撮《と》った一枚が稀の気に入り、キャビネにして額に入れたもの)飾り棚のいつものところへ、ジム・ビームの瓶と並べて置いた。

(やれやれ。これで元通りになったかなあ……)

とまわりを見廻し、カフェ・オレをすすったけれど、なんとなくおちつかなかった。

撮影のためにソファやテーブルを動かし、それはもとの位置に置かれてはいるものの、

微妙にずれている、そのせいだろうかと思った。

そう思いたいのだが、やっぱり稀のしわざのせいなのだ。写真立てを靴箱へ突っこんだりする稀のうしろ姿、なんて想像すると、

（ユーモアですらないわ）

と思ってしまう。

男と女が共に棲《す》むとき、ふたりで笑い合えるのは最高だけれど、一人ぼっちでいるときも相手のことを笑える——これはせせらわらうんじゃなく、キスの代りに笑うというようなもの——そういう仲でなければならない。

少くとも私はそう、思ってた。

いままでは。

それに、いままでは、稀のすることは私に笑いを催させるのだった。あのパーティの夜、かなりきわどい、一歩まちがうとケンカになりそうな会話を交したあとですら、「よろめきよろめき、机まで這《ほ》うていった」という稀がおかしくて、私は笑わずにいられなかった。

あれは彼にキスする代りに笑ったのだった。

だけどいまは、

（笑う気もおこらないわ）

と思ってしまう。

稀は帰ってこない。私はジム・ビームをグラスにつぎ、氷を入れてすすった。それからなおも思う。

笑えないようになった男の、

(下着なんて着られないわ)

ここだけの話、私は稀のシルクの男物下着を借りて身につけたことがあった、こんなに肌に気持いいパンツは女ものにはないので。

女もののシルクの肌着はファッション性が強くて、実際に身につけて陶酔するという感じは与えられない。それでちょいちょい、稀のを借りて身につけていた。稀は「おいおい、オレのやないか」というが、いやとはいわなかった。

いま、私はとたんに、なぜか、身につけたくなくなったのだった。(そんな気になれない)という言葉があたまに閃《ひらめ》き、それはさっき聞いた光村の探険談のなかの、

「人っ子一人いない廃村で、夜明けがた、不意に虚空《こくう》に聞えた声」

を連想させた。光村は子供の声だったという。それもたしかに、

「おかえりなさい」

と聞えたという。

——おかえりなさい。

私はどこへ帰ればいいのだろう。

どこへ？

どこへ？

この、少しずつ位置のずれてる居間の家具が、ほんのちょっぴりずれたばかりにどこかしっくりしないように、この部屋と私の心はしっくりしなくなってしまっている。

インターホンが鳴ったので稀かと思って出ると宅配便だった。稀の新刊が送られて来たのだった。包みを解くと、指の切れそうな、截断《せつだん》したてのような、まあたらしい紙の新刊本が十冊出てきた。ページ数が少いから薄く、活字は大きいが、斬新《ざんしん》な装幀《そうてい》で、とてもしゃれた本に仕上っている。

私はいつも、稀の新刊本を手にとって、いつくしむのが好きだった。紙の匂い、印刷インクの匂い、それに稀の小説の文章も好きだった。ぱらぱらとめくると、それはさまざまのイメージをもたらした。前に雑誌に載ったときに目にした記憶があるのだが、何度見てもすてきだった。

しかし今夜、私ははじめてそのしゃれた本のたたずまいに、

「奸智《くきみ》」の臭味をかいだ。

　稀はヒゲのまばらにのびた顔で仕事をしている。もう二十時間ばかりぶっつづけに仕事をしていて、いつ終るとも見えない。奸智もたいへんなんだなあ。

　私は放送局へいく時間が迫っているので、気が気ではなかった。今日の録音は高名な映画評論家ではなく、担当アナウンサーと二人でしゃべるというもの、肩は凝《こ》らないがその代り、スタジオの時間もきまっているので、遅れることはできないのだった。すてきなリクリエーションだと思うような仕事だが、仕事となると時間は守らないといけない。

　といって稀が没頭して書いてる最中に、家をあけることもできなかった。

　私は偵察にいく。

　光村と時日の打合せをしたときは、たぶんこの日なら稀の仕事の谷間で、私も外出できるはず、とふんだのであるが、稀の仕事はドミノ倒しに延びていくので、計算通りにいかない。

　それに、「小説海流」みたいな撮影や、インタビューや、講演が飛入りで入ってこの頃の稀はうんと忙しくなっている。

　稀はことわらない。サイン会だって何だって出る。その上稀の郷里の出身中学校から、新しい校歌をつくってくれといわれたりする。

　稀はそれまで応じるのである。

そうして、

（オダ・レンの本は売れへんらしいなあ）

（トミタ・ジュンはヒマらしいなあ）

などといって悦に入っている。校歌まで作っていたのではヒマになるはずはないだろう。

いっぺん断ったら、もう注文が来ないんじゃないか、と稀はその恐怖があるみたい。それにしても、校歌などがはさまると仕事がしわ寄せされてドミノ倒しになるのは、当然なのだが。

稀はセーターにトレパンという恰好《かっこう》のまま、まだ書いている。（もうできたの？）とか、（あと何枚）なんていうと地団太《じだんだ》ふんで猛り狂い、「死ね、あほ！」と手負いの獣の如《ごと》く咆哮《ほうこう》するので、私は、

「コーヒーいる？」

というのである。

その返事で、だいたいの感触がつかめる。この前、パーティで会った「関西物書き若妻連合」の人たちも、きっとこんな風に、夫の機嫌をあやしているのだろう。それ以外のときはトランプの独り占いや麻雀《マージャン》をやってるのかもしれない。

「要《い》らん」

稀はどんな修羅場《しゅらば》でも、必らず返事だけはする男である。

わりあい声が明るくて、明晰《めいせき》である。これが書けないときなら、

（ぎゃァぎゃァいうな、じゃかッし！）

とかみつくようにいうのであるが。順調に原稿用紙を消化しているのかもしれない。

万年筆の動きがかなり早い。

「へー。要らないのか、お湯沸《わ》かしたのに」

「夜の酒に差し支えるからや」

「おや。夜はもう飲めるのかい。まだあと『サクセスボーイ』があったでしょうが」

といってやったのは、これは挑発である。

案の定、稀はひっかかって、

「そこまで書けるか！　これ書き上げたらバタン、キューで寝てしまう。そんであと、
サクライと一晩じゅう飲む」

「おやおや」

「ああ、……はよ寝たい。そんで、はよ飲みたい」

「サクライさんも今ごろそういうて書いてるのかな」

「あいつはオレよりひまやからな。うらやましいよ。——おい、ミッチイ」

と終盤近いのか、ご機嫌のいい声だった。

「限りある身の力ためさん——ていう歌、あったやろ。上《かみ》の句は何やった？」

「知らないよ」

限りある身の奸智ためさん、——じゃないの、と私は厭味《いやみ》をいいたかった。次の瞬間、

「うわぁ、書いた、書いた、書いたぞう」

と稀は万年筆を捨てて躍りあがり、

「これ、ファックスへ叩《たた》きこんでくれ。あと誰が来ても起すなよ」

「あたし、出ていくの、放送局」

「何を。女房《よめはん》が出あるいてエエ、思とんのか」

といったが、稀はご機嫌はよかった。原稿を揃《そろ》えると立ちあがって私に押しつけ、

「起きたら『キャー』の時間ですぞ。それまでに帰ってや」

「帰らなかったら？」

「よそでしてくる」

私は笑わないではいられなかった。ファックスに入れ、その上の壁に貼りつけられた、今月の稀の予定表、すんだ分から赤いマジックで消してゆく、そういう秘書の仕事にしばらく打ち込んだ。

　寝室で稀は物音を立てていたが、やがて静かになった。私は稀にいわれたように目ざまし時計を六時にしておく。いまは二時で、充分、仕事をすませて帰れそうだった。寝

室をのぞくと稀はもう熟睡に落ちていた。何となく奸智の再生産に励んでいるな、という印象だった。

「すずめがくれ、――というコトバがあるそうですね」

と光村はいった。

今日の仕事は、担当アナウンサーと、映画の話をしてそれで終りと思っていたが、録音がすんだあと、試写をもし見る時間があれば、二時間ほど頂けませんか、といわれて私はついでに見ることにした。大人向きの静かな小品で、おちついた短篇小説のような映画である。地味だがわるくはなかった。でもその地味のよさを説明するのは、ちょっとむつかしいかもしれないが、うまく表現できれば、まだ見ていない人の好奇心をそそることができそうだった。

私はほんの短い時間だけれど、マイクに向って、あれこれ言葉をえらんでしゃべる、そんなことを面白く思いはじめている。映画俳優や監督のことなど、なにも知らないではじめたが、

「あんまりくわしく知らないほうがいい」

という光村の意見で、ほんとに素人の見方だった。でも何本か見るうち、名前をおぼえたり、あの映画では、この役をしてた人、ということがわかったり、した。

映画好きも世の中には多いとみえて、局へくる投書には、私あてのもある。〈いいところをついてます〉という葉書があったりして、光村はそれを手にして嬉《うれ》しそうに、私にみせるのであった。ワルクチを書いてあるのも来ているかもしれないが、それは私に見せないようである。

試写が終るともう六時すぎだった。私はビルの一階の電話でウチへかけたが、稀は出てこない。バスを使っていても、電話に出られるようにしてあるが、出ないところをみると、もういないのかもしれない。

かなり長く呼出し音を聞いて、私はあきらめて置いた。

光村が辛抱強く待っていたらしくて、寄って来て、

「食事でもしませんか」

という。僕はあんまり寒さを感じない、といっていたけど、セーターにジャケットをひっかけ、マフラーをまいたきりだった。

試写室のある映画会社のビルと、放送局とのあいだぐらいの距離に、光村たちがよくいく小料理屋があるそうだ。キタの裏通りは灯がついていて、久しぶりに心をそそられた。稀と連絡できなかったのは残念だけれど、稀も今ごろはサクライ氏と、うきうきとはじめているにちがいないのだ。それを思うと、

「うれしいな、何だか久しぶりっていう気分よ」

と私も弾んできた。

二十時間も机にかじりついてる男の身近にいて、私も、したたか疲れた気分だったのだ。

寒い晩で、頰の肉もこそげ落ちそうな冷い風が吹き、目玉は、黒目をまん中に据えたまま、そのままの形で凍りそうだった。

そういうとき、歩きながら光村は、

「すずめがくれ、という言葉を知ってますか」

というのだ。

「いいえ。なあに、それ」

「僕も知らなかったんやけど、このまえ、番組の古典の時間にですねえ、出演してもろた大学の先生に教わりました」

光村が、

「あ、ここ。ここです」

と連れていった店は、なんと、前に尾瀬が連れてきてくれたおでん屋だった。

大阪に店も多いのに、なんでみな同じ店へいくんだろうとおかしくなってしまった。

「あ、ご存じやったんですか。でもここ、魚もうまいんですよ。日によりますけどね」

と光村はいう。ここで私は尾瀬に「雀《すずめ》の法事」に誘われたのだった。

私たちは白木のカウンターに坐って、熱い日本酒で乾盃《かんぱい》する。

「すずめがくれというのはねえ、春先のことばやそうですね」

「ふーん」

「木の芽や葉がぽつぽつ繁って、枝の雀のすがたをかくすという……」

「かわいいことば」

「前に江木さんから、京都ロイヤルホテル向いの、プラタナスの木に雀が生《な》って、姿はちっともみえへんのに、ピーチクとやかましい、という話をきいたでしょう？　ははあ、これやな、と思うて」

私たちは、あつあつのおでんを皿にとってもらっている。

光村はジャケットのポケットからメモをとり出す。

「えーとね、忘れてしまうから書きつけた。先生のお話の中に出てきたんですがね。

『浅茅生《あさぢふ》も　すずめがくれに　なりにけり　むべ木《こ》のもとは　木暗《こぐら》かりけり』

曾禰好忠《そねのよしただ》という人の歌だそうです。雀がかくれるほど草も茂った、木々も茂って、木の下は暗くなった、――と」

「いう意味ですか」

「そうらしい。ともかく、すずめがくれ、というコトバをきいたとたん、これは江木さんに知らさなあかん、と、僕はいそいで書きとめた」

「それ、下さい」

「乱暴に書いてますけど」

光村の字は、ひらたくつぶれたような字であるが、私には好もしい。私によみあげようというのでいそいで書きとめたりするところ、奸智の匂いはない。

2

店へ入ったのは、まだ空に雀色が残っている頃だったが、出たときはとっぷり昏《く》れていた。

私は店を出る間際、思いついて電話をうちへ入れてみたが、当然のことというか、誰も出ない。稀はサクライ氏と愉快にやってるに違いない。そう思うと私も解放された気分になって、いっそう嬉しかった。

光村はおもてで待っていた。

「おいしかった、ご馳走《ちそう》さま」

と私はいって、はじめに食べた鮃《ひらめ》の刺身とか、甘海老《あまえび》のことをまたいわないではいられなかった。白牡丹《ぼたん》の花びらを並べたような鮃の身の、この世のものならぬ美味《おい》しさ、それに「ドピンク の甘海老の美しさ」に私は満足して「よかった」といった。

「あの麦めしもよろしいでしょう?」

光村はいう。お酒が終って、かるく御飯をというとき、暖かい麦めしに、あさつきをこまかく刻んでふりかけたのが出た。禿頭《はげあたま》の親爺《おやじ》さんが私に「葱《ねぎ》は嫌いではないか？」と訊《き》くので、へんなことを訊くなあと思いながら、「大好きよ」といったら、その、葱ふりかけ麦めしが出てきたのだった。麦めしに葱の味の、なんとよく合うこと。しかも、おでんをオカズにしてたべる麦めし、というのもよかった。——私は「おなか一ぱい」という気分だった。

しかし女が、食事のあと「おなか一ぱい」というのは色気がなくて、口にしてはいけないと私は思っている。稀にも、それから以前ともに食事をしたことがある尾瀬にも、私はいわなかった。

しかしなぜか光村にはいっても平気な気分だった。

「おなか一ぱいになったから、ちょっと歩きません？」

そしてふと気付いた、もうここしばらく、私は稀とレストランへも小料理屋へも出かけていない。稀が仕事に追われている上、自動車学校に夢中になっているので、それは、私と稀の楽しい時間をかなり奪っていた。私たちは地中海料理の店「ダナエ」のイカの墨煮もずいぶん長く食べていない。キタにしろミナミにしろ、稀が「オイ、ちょっと外で飲も」ということはなくなっている。そしてそれぞれが別の人間と飲むようになってている。更にいえば別の人間によって力付けられたり、慰められたりするようになっている。私と稀はこのところ、まるで甲殻類《こうかくるい》の生物が二個並んでいるという感じで暮らしている。そのかたい殻をはずして、ナマの剝身《むきみ》を重ね合せることはしないで、いよいよ殻のうち深くひっこんでいるという感じである。それでいて私は稀を憎めず嫌いになれない。

またそれでいて、私は稀にありったけの不満を持ち、それをもてあましている。その不満ときたら、稀の耳に力一ぱい喇叭《らっぱ》で吹きこんでやりたいくらいだった。

でもそれをしないでいることが、私にはつねにつきまとう微熱のように拘泥《こうでい》された。まあいい、今夜は光村といるのが嬉しかった、そんな湿潤な微熱を忘れさせてくれるような、サワヤカ少年なので。

光村は、青葱をふりかけた麦めしがいかに好ましいかを、くりかえし話していた。それでもあの店のは何か麦めしに秘密があるのか、家でやってみてもうまいのはできなかったそうだ。

「家でお料理するの?」

「僕、山へいきますから、メシぐらい作れます。そんな、大した料理やありませんけど、ウチでもザッとやります」

それはスグ想像できた、稀が料理をしてる恰好なんて想像もつかないけど。

私は男が料理するってことは、ヒコーキの尾翼みたいな部分だと思う。目立たないけど、人生とか、男の人柄なんかのカジを微妙にとって、目に見えぬ影響を与える部分だと思う。

「そんな大げさなもんですか、僕は誰も作ってくれへんからやってるだけで」

「尾翼もそういうでしょうけど、ヒコーキにとっては大切な部分なのよ、きっと」

なんてしゃべってるのがおかしかった。いつも歩かないところ、天満の天神さんまで抜けて、近くの商店街通りへ入った。これも地もとの人々のいくところらしくて、このへんは古いから都心に近いのに住宅街がある。

「この通りは店も古うてね、僕、好きなんですワ」

と光村はいう。造花の紅葉が商店街の軒を飾っていて、短い距離だが灯の明るい通りである。昔ふうな荒物屋で私は小さい招き猫を買った。赤と金で彩色された陶器の猫、でも貯金箱ではないので、割らなくてすむ。

「猫が好きですか」

「ええ、でも飼ってませんけど。いつか、田舎で猫や犬を飼う暮らしをしてみたい。ハダシで木の床を踏んだり庭のハーブを摘《つ》んで、ハーブティーを飲むような暮らしをしてみたい。夜が明けたら起きて、暗くなると眠るの」

そんなことをしゃべったのは、にぎやかな商店街を抜け、灯の暗い川っぷちから難波《なにわ》橋《ばし》を渡ったときだった。淀《よど》川は中之島《なかのしま》で二つに分れ、北側は堂島《どうじま》川となり、南は土佐堀《とさぼり》川になる。川風はことに寒いが、暗い川面《かわも》を灯のついた水上バスが滑っていって、中之島の森陰にかくれる。

「そうして時々、光村さんの探険に連れていってもらう」

と私はいった。

「そんな生活自体が探険ごっこですよ。町の生活をやった人間にとっては」

と光村は笑い、

「でも作家なら、どこにいてもええのやから、そんな生活も可能でしょう？」

稀のことなのだが、稀が田舎へ引っ込んで猫や犬を相手にするとは考えられなかった。それに「男世帯ごっこ」「独り者ごっこ」をやりたがってることではあるし、そうなればなおのこと、都会から離れられるわけはないのだ。

「男世帯ごっこ？」

と光村がいうので、私はその説明をした。川風が強くなって、寒さが身に沁《し》み、話し声まで風に吹き散らされそうになるので、私たちはタクシーをつかまえ、ミナミの、どこか暖かい店へでもいこうという気になった。光村は私がくしゃみをしたというので、マフラーを貸してくれた。

車は、橋を渡った北浜ですぐつかまった。御堂筋《みどうすじ》を南へ行ってもらう。車内の暖かさに私は生き返った気になる。なぜか光村とは寒いところばかりへ行く羽目になる。

「独り者ごっこしたいのね、彼は。このまえの『ピンクパンサー』のパーティの時も、わざと知らん顔をするんですもの。へんな人よ」

「それはしかし、わからんでもない、男は」

光村は淡々という。

「ああいう席へ身内や肉親連れていく、というのはイヤなんですよ。もっと若ければ……アイドル歌手みたいなんは、親と一緒に舞台に出たりしてますけどね。それからうーんとトシとった文化勲章の爺さんらは、夫人連れで出席してはるようですが、ちょうど、半端な年頃というか、エエかげんのトシではあまり、身内を見せとうないし」

「一緒に暮らしてるのに」

「だからこそ、ですよ」

ふりむいたら、御堂筋はあとからくる南行き一方通行の車の洪水で、ヘッドライトの灯の海だった。

フロントガラスには、ミナミに近づくに従って雑多な色の灯があった。重々しいのやけばけばしいのや、ふかしぎなの、いろんな字と色の灯の噴水だった。

「自分のプライベートな部分が楽しければよけい、男はそれを外へみせとうない、という時があるかもしれません」

「そうかなあ」

稀のは、そうとも思えなかったが、稀に味方する光村のものの言いかたが好きだった、そしてこのまえ、光村とドライブしたとき、この男は怒ったことなどないんじゃないか、と思ったけれど、いまも、彼は人のワルクチなどいったことはないんじゃないか、という気がした。

心斎橋パルコを過ぎ「そごう」の手前で車を下りて東へ入る。御堂筋を渡れば、このあいだ光村と十二時まで飲んでいたホテル日航であるが、渡らないで東へいく。時々ポカッと灯の暗いところがあったり、やけに新しい建物があったりする。光村はそういうビルの一つへ入って地下のバーに私を連れていった。入口近くのコートハンガーに、自分でジャケットやコートを脱いでかけて置く。棚の酒壜《さかびん》だけが店の装飾、というような、シンプルな店で、中年のバーテンが一人いるだけ、十人も入ればいっぱいになる、カウンターの席に、二、三人の客がいた。

天井から吊《つ》るした灯の、ガラスだけはちょっと骨董《こっとう》風で面白い。アール・ヌーボー風の磨《す》りガラスで、灯は充分明るい。

光村はここに置壜《おきびん》をしている。

乾盃をするため、私は立っていってジャケットのポケットから、さっき買ったセトモノの招き猫を出して来た。それを光村との間に置いて、乾盃し、猫の口もとへも、ちょっとグラスをさしつけてやった。

猫はやたら大きく黒眼をみはっている。

「招き猫、というのは何を招くのかなあ、オカネかなあ」

光村はそれをとりあげて、しげしげとみつめながらいう。

「田舎暮らしを招くのよ」

「あ、それがあるか」

「長いことかかってシチューをたくとか、その匂いが家中に漂ってるとか、カーテンもテーブルクロスも生成《きな》りのコットンなので、夕焼になると、窓のカーテンもそのそばのテーブルクロスもオレンジ色に染まるというような」

「目に見えるようやな」

「そこにはキシャとかデンシャとかないので、町へ出るには、廃線になった線路を歩くか、馬に乗っていかないといけない。線路わきの道もあるけど、花を摘みながら歩くからとても時間がかかるわけ」

「かなり具体的ですな」

「昔見たカレンダーや、絵本を思い出してるんです」

「いや、そうなんス」

光村は身を乗りだす。

「ほんまいうと、僕もそういう生活にあこがれてる。僕、田舎でも退屈せえへん、思いますから。ただ、うまいもん食いたい」

「それは、山菜があります。裏の川には魚もいる、ということにしない？　少し稼いではその田舎で暮らす。そういう生活、やりたい」

「稼ぐ、で思い出した」

光村は急にいった。

『『好きなお店』と『おすすめひとり旅ガイド』の企画、出してますよ。取材の日程はまた、打合せしますけど」

「急に浮世の義理が搦《から》むんですね。それはちょっとおいといて」

私は光村が「田舎でも退屈しない」といったのを耳にとめている。

「あたし、ほんとにそういう田舎暮らし、やってみたい。あります？　そんな田舎」

「あります」

光村は力強くいう。

「僕はあちこちの廃村をまわりました。過疎の村も行きましたからね。がっちりした家が住み手を失《うしの》うて、ほんま、安い値ェで売りに出されてます。そんなん買《こ》うて、都会近くへ運ぶ業者もありますよ。内部《なか》改造して料亭にしたりね。しかし解体して運ぶのは、これはおもろない。やっぱり、その地へ住まんと」

光村は頓《とみ》に熱弁になる。

「一つ、ええとこ、見つけたァりますねん」

「おやおや」

と私は嬉しかった。

「光村さんも、そんな夢、あったの？」

実をいうと、「も」といったけど、それは私の、いきがかり上の話の流れだった。私はとても田舎暮らしができそうに思えない。私は町が好き、稀と暮らす町が好き、ミンクの毛皮、プラチナのペンダント、渦巻の宝石、シルクのサテンのパジャマが好き、神戸へのドライブ、灯を見ながらするワイルド・ターキー、テレビ出演、パーティが好き。

更にいえば稀の、仕事に追いつめられた錯乱、私に「別れる！」と叫ぶ稀のいらだちも好きなのだった。しかし、それもみな、稀と私の気持が通い合っていればこそ、の町なのだ。

（マレちゃんの考えること、わからなくなった！）

という気持になる町ではないのだった。

しかし光村はほんとに、田舎が好きなようである。

「兵庫県の田舎ですが、そこ、雪がないんです。これ、大事ですよ。雪の降るところは家の傷《いた》みも早いし。それに廃村やありません。廃村は、やっぱり住めませんワ」

「虚空に声が聞えたらどうするのよ」

「はあ。急病でもやったらイッパツですし。過疎の村で、景色ようて、雪のない、というのがよろしな。そこは平地から山の中腹にかけて拡がった村で、車も通ります。日当りのええ山側に一軒、住み手のない家があります。エエなあ、思うてねろてますねん。家の前はたらたら坂で、榎《えのき》が一本、枝張ってます。そばに小川が流れてて、裏庭は畠《はたけ》ができます。鶏も飼えます」

光村は熱心にいう。

「冷凍庫と車さえあれば、肉でも魚でも手に入る。何で食うていくかが問題ですが、その村はいま村おこしで若い人手要る、いうてますから、何とかやっていけるのちゃうか、思います」

私は笑ってしまった。

光村の楽天性も好ましかった。

「そこの家、現代風に作りかえられるのかしら？」

「どんな風にもできますよ。村には小学校の校舎の一部を村から借りて、アトリエにして住みついてる絵描きさんがいたはります。夜になると村の診療所の先生と碁《ご》打ってはりますワ」

私はその村に心惹《ひ》かれた。

生成りのカーテンを吊って、オレンジ色の夕焼に染めたい気がした。

「光村サンの家のとなりに住んでみたい」

「浅野サンの別荘を作るんですか」

「いいえ、そうじゃなく……」
四、五人の男たちがかたまって入ってきた。気分のいいバーだが、私はこんどは私が払いたくて、もう一軒、この近くへ寄らないかと光村を誘った。彼は同意して起《た》ち、また自分のマフラーを私に貸してくれた。グレイの地に赤い縞《しま》が細く入っているもの、光村の車の中の匂いがしている。私は招き猫をポケットに入れ、
「ときどき、あたしが蒸発してたほうがいいらしいんだもん、稀は」

私はすこし酔ってる。

「どういう仕組みですか」

と光村はいい、「仕組み」はおかしいが、私は少々努力して、冷静に話したつもりだった。人が来るとき、私がいる痕跡《こんせき》をすっかり消そうという稀の作業、その作業自体よりも、

「その作業のきめこまかさにおどろいてしまった。とにかくシャープペンシルやペーパーナイフに至るまで女持ちの匂いのするものはみな、かくしてあったんだもん。びっくりしちゃった、その芸のこまかさに」

私たちは暗い横丁へ入っていた。片方に店が並んでいるが、ドアがぴったり閉められているので、軒の灯しかあかりはなく暗い。

「それは、パーティで知らん顔をするのとは性質が違うんじゃない？　光村サンは楽しい私的部分を、男は外へ見せたくないからだというけれど、あたしは違うと思う……」

不覚にも声が震えてしまった。と、思うと、私の節度と美意識を裏切って、涙が出てきた。私は立ちどまり、光村に倚《よ》りかかって、腕を廻して彼の細い躯《からだ》をぎゅっと抱き緊《し》めた。以前《まえ》に、尾瀬の胸もとを見て（あたまを凭《もた》せかけるのに、ぴったりだ）と思ったことがあったが、光村の躯は私の腕をまわすのにもってこいだった。

そして雀の死よりももっと本質的なことを、若い彼には打ちあけられそうであった。

「あれはねえ。……あの稀のやりかたは『犯罪』だと思う。一緒に暮らしている人間に対する『犯罪』だと思う……」

ついに出た、「犯罪」というコトバ。前から私のあたまのどこかにひっかかっていたのだけれど、光村の前にいると、出てしまった、素直に。すると半分期待して、半分期待していなかった光村の唇が落ちてきた。ずいぶん長く経験しなかったようなキスの味は、これも「犯罪」の味だったが、それにしてもずいぶん……疼《うず》くような甘美な悦楽だった、「犯罪」というものは甘美なときもあるのだ。

「田舎に住みませんか」

——「犯罪」を、光村はそそのかす。

「みんな抛《ほう》って田舎に住みませんか——ヌーとした感じを失くしたら、僕、あかんと思います。江木さんは」

3

〈事件〉が起ったのはこんなふうだった。

「江木蜜子さんですね？」

と聞かれたとき、私は全く無防備な精神状態だった。私はジーパンに、ざっくりした太毛糸の焦茶色《こげちゃいろ》セーターを着、髪を短くカットして寒かったので、焦茶のモールのハンチングをかぶって、ショッピングカーを引いていた。週にいっぺん、ちょっとかさばる買物にいくので。

それをマンションへ持ちこんだとき、入口で男に聞かれた。三十代はじめぐらいの日焼けした男で、馴《な》れ馴《な》れしい態度だが、東京風なアクセントだった。

彼はそう聞きながら、マンションの階段を（三、四段ばかりだけど）ショッピングカーを持ち上げて登る私に手をかしてくれた。

そして私も、礼をいうついでに何心なく、

「ええ、そうですけど……」

といった。セールスの人かなあ、なんて思いながら。

「浅野稀さんの奥さんですね?」

マンションのホールは広くて、まん中は吹き抜けになり、天空から陽ざしが射しこんでいる。いい、さつきの灌木《かんぼく》と花壇のまわりはガラスで囲まれていて、ホールに雨が降りこまないようになっている。

その明るい場所へ出たとたん、私は写真をとられた。カメラマンが男のうしろにいた。

「ちょっとお話をうかがっていいですか?」

男は言いながら名刺を出し、私の警戒心を阻《はば》むように、親しげにエレベーターへついてきて、「上」のボタンを押した。八階だということも知っているようだった。

エレベーター前は暗いのだが、フラッシュが光って続けざまに写真をとられたのがわかった。私は頓《とみ》に身構える気になった。

相手の意図をはかりかねたのと、無断で写真をとられたのが不快だったので、

「突然は困りますわ。電話でもしてからにして下さい」

とエレベーターへ飛び込むなり、クローズのボタンを押した。八階のボタン、それから屋上のボタンを押し、ルームキイをすぐ出せるようにしたあと、八階に着くなり、昇天するエレベーターを捨てて、走って帰って部屋へすべりこんだ。

名刺を見たら、フォト・ウイークリイの一つの名があった。(浅野稀さんの奥さんで

すね）という男の質問から、私はあれこれ事態を推理しようとした。写真週刊誌に追いかけられるほどのスキャンダルを引きおこしたとすれば、それは稀のほうで、まさか光村とデートしたぐらいで私を追いかけるはずはないし。

しかし稀を写さないで私をとったというのは、やっぱり私が目的なのであろうか。

私はショッピングしたものをぶちまけ、仕分けしながら考えた。カメラマンは頑丈な大男だったという印象しかないが、私をとるとき躊躇《ちゅうちょ》は感じられなかったし、記者のほうの、（浅野稀さんの奥さんですね）という質問も、質問というより確認だった。

あれは私を撮影に来たのだ。

稀が「男世帯ごっこ」をしているのを、知っている人は知っているが、読者大衆は知らないわけである。人によっては、稀が妻帯者だという事実にある関心を持つかもしれない。とすると、そのニュースは、いくらか価値を持つかもしれない。

そこまで考えながら、多めに買ってきた牛肉を小分けしてラップに包み、冷凍庫へ抛りこむという――女にとっては、わりに厭ではない手仕事をしていると、入口のドアのインターホンが鳴り、ついで短気らしくドアをガチャガチャさせる音がした。稀ならノブを触らずに待っているはずなので、覗《のぞ》き穴《あな》から見ると、やっぱりさっきの男だった。

「浅野さん。ちょっとですね、お手間は取らせませんから」

稀はいなかった。あるデパート関係の女性会員のつどいに講演するため出かけていた。

「すみません、江木さん」

男は私の名を呼ぶが、どうやら稀のことではなく、両方とも私を呼ぶためのものらしかった。しまいに鋼鉄のドアを叩いているが、私は返事しないで黙殺することにした。ドア越しにしゃべっていたら、どんな揚足《あげあし》をとられて開かないといけなくなってしまうかもしれない。

そのうち男はあきらめて離れたのか、音がしなくなった。

外から撮られるといやだと思って、私はカーテンを閉めてまわった。外も覗けないわ、と思うと、次第に腹が立ってきた。フォト・ウイークリイの取材ぶりがどうのこうの、ということはよく聞くけれど、こういうことだったのかと思った。尤《もつと》も私の腹立ちは取材者に対してよりも、そんな状態を招いた、(稀というよりも)私と彼とのありかたに向けられていた。


夕方、といってもまだ明るいうちに、稀は帰ってきた。夕食の準備には早すぎるので、私は食卓に原稿用紙を拡げてティファニーの銀のシャープペンシルで原稿を書いているところだった。といってももちろん、稀みたいに小説やエッセーを書くのではない。そんな大げさなものではなくて、関西から出ている雑誌に、映画についての雑文を書かされている。ラジオやテレビに出演したので名前をおぼえられて、放送局へ話が来、光村が私に連絡してくれたのだった。

テレビやラジオでしゃべっている通りに書いてほしい、という注文だったので、私は文字通り、「うーん、これは何ていうか、切符のモギリの人が、〈サアいらはいいらはい、お代は見てのお帰り、面白くなきゃお代は返すよッ〉というような映画、そしてもちろん、お金払ってよかった！　って思える、面白い映画だよッ！」なんて書いてたら、それで通ってしまった、そしてちょいちょい、書かされるのである。

稀は、無論、彼の原稿用紙を使わせてくれないので、私は文房具店へ行って学生用のを買ってきた。ついでに稀に「ワープロ買わない？」といったら、「そこまで手が廻るか」と稀はいっていた。稀の友人の若手作家はほとんどワープロに切りかえているが、稀とサクライ氏は手書きである。稀は、車の運転ができるようになったらワープロを試みるといっている。各個撃破しないと、一度に同時進行できないという。オカネの問題ではなく、若い男にしては稀は、キカイがにが手であるらしい。

「へーえ、女の子には同時進行できるのにね」

とひやかすと、稀は「なにぬかしやがんねん」といっていた。その稀は、私が原稿用紙に向っていると、「お。盛大に大作を仕上げてはりますな」とひやかすのが常である。

帰宅した稀は機嫌がよかった。

「五百人の聴衆で疲れた。今夜は久しぶりで『ダナエ』にでもいこか、予約しとけよ」

といいながら、グッチの花柄のネクタイをほどいていた。彼はインディゴブルーというより、もっと濃い、むしろ黒に近いようなミッドナイトブルーのジャケットに、ご自慢のシルクのワイシャツ、これはアニエスb・オムのもの、薄紫なんだけど、ラベンダー色というのか、ライラック色というのか、女の人好みにきめるときは、いつもそういう色を着ている。

私は『ミッチイ、映画を観る』(これは私の雑文の通しタイトルである。稀が私を呼ぶときの「ミッチイ」をつい使っている。しかし稀は私の書くものなどに目を通していない)の筆をおき、ティファニーのシャープペンシルの尻《しり》で頰《ほ》っぺたを叩きながらいった。

「ねえ、今日ヘンな人に、あたし写真、うつされちゃった。浅野稀さんの奥さんですか、なんていうんだもん」

稀はバスタブに湯を入れていたが、私の声がよく聞えたとみえ、すぐやって来て黙って私の話のつづきを待っていた。私はワイシャツ姿の稀に名刺を見せた。稀は一べつして、

「何か、いうたんか」

「話を聞かせてくれというから、断って逃げたら、あきらめて帰っちゃった。マンションの外にいなかった?」

「いや。——奥さんですか、いわれて、そうです、いうたンか」

「いわないけど、江木蜜子さんですね、といわれて、つい、ハイ、といったわよ。何かわからないんだもの。そのとたん、つづけざまにシャッター切られた」

「なんでオマエの名前、知っとんねん、『〇〇』が！」

稀はフォト・ウイークリイの名をいった。

「テレビに出た文化人だからよ」

と私は冗談ぽくいったが、『ミッチイ、映画を観る』にも、小さいけれど顔写真は出る。

「なんでオマエを撮影《うつ》さんならんねん！」

稀の顔色は変っていた。

「なんのつもりや、いったい！」

「『浅野稀には妻がいた！』という記事になるのかなあ。それとも、『これが浅野稀の陰の女』とか」

「阿呆《あほ》いうな。大体、オマエがうろうろ、外、出あるくからいかんねん。それにしても、けしからんな、『〇〇』は」

稀はしゃべっているうちに怒りがこみあげてきたとみえ、「くそう」と独りごとをいって、早速、居間の電話に飛びついた。週刊誌へかけたのかと思うと、それは違って、同じ会社の文芸雑誌の編集部、稀の担当編集者だった。その編集者こそ、寝耳に水でびっくりしたことだろうと思われる。稀ははじめのうちは、

「やあやあ、浅野です。××さん？」

などと親しくいつものようにしゃべっていたが、

「実は『○○』が来てねえ……」

というあたりから、次第に激越な口吻《こうふん》になってきた。向うの「××さん」はただただ息をのんで聞き入るよりほかのことはなかったのではないかと思われる。ほとんど口を挟む間も与えず、稀は激怒してしゃべりまくって切り、ついでやっぱり同じ会社の出版関係の担当編集者につめよって、

「『△△』に連載している作品も、貴社での出版は一応見合せたい」

と一方的に申し渡して切った。

受話器をおくなり、電話が掛った。さきの編集部の、とにかく上の人らしかった。稀は担当者のときより、よけい威丈高《いたけだか》になっていた。そうして熱くなっていた。執筆者をなめてるというのだ。

「どういうつもりか、ハッキリ聞きたい、次第によっては僕も考えがある」

私は呆然《ぼうぜん》としてエネルギッシュな稀の抗議弁駁《べんばく》を聞いていた。ともかく稀は夢中で、かんかんになっていた。来る仕事をすべてことわらず精力的に引き受けるのと同様に、

いま徹底的に追及し問責し、攻撃していた。

「今後二度と、おたくと取引交渉はやめる意志もある」

とまでいった。それが、どんな対手《あいて》にいったのか、もうあんまり多く電話をかけすぎたので、私には対手の見当もつかなかった。

時によると向うから掛ってきた電話に、稀は打ってかわって揉《も》み手《て》をせんばかりに、

「いや、そういうことでもないんですけどね。……ま、そう、それをわかって下さればば」

と低姿勢のときもあり、ついで、別の電話では、

「当然やないか、こっちはな、ほんまに怒っとんねん！　ええかげんにせえや！」

返事も待たず、音高く電話を切ったりした。

ラベンダー色のシルクのワイシャツに身を包んだ、眉《まゆ》の濃い、甘い美貌《びぼう》の稀が、ドスを利かせて怒罵《どば》するさまなんて、私には想像もつかなかったので、すっかり面くらってしまって、じーっとみつめずにはいられなかった。

（そんなにコワモテにいっていいのかしら……引っ込みつかなくなるんじゃないかしら）

と私は稀のために心配になる。稀は電話をおいて、まだたかぶりのさめぬまま、

「このぐらい、いうたってちょうどええんじゃ！」

とヤーさんのように乱暴にいった。

「何や思とんねん。オレを。――ええねん、『○○』なんかになめられてたまるかい、そのへんのことは雑誌や出版の連中、ようわかってるはずや。大体、あいつらがボンクラやねん」

稀は自信ありげにいい、つまりフォト・ウイークリイを牽制《けんせい》するべき文芸雑誌あたりが怠慢だというのであろう。フォト・ウイークリイのニュースバリューと、浅野稀の利用価値を比べた場合の得失は、いうまでもないということらしい。

稀の裡《うち》では、すばやい客観的な計算ができているようであった。

「オレ、そのぐらいのことはいうてもエエ、と思う、もう」

稀は昂奮《こうふん》の残響で、しゃべりたいことがあとからあとから出るらしい。

「この頃になって、何ぼでも書ける自信でてきた。オレ大事にせえへんかったら後悔するド」

私はそこで（そうよ）と同意すべきであったが、びっくりしたあまり、声を失っていた。

稀は「何ぼでも書ける」なんていう人ではなかった、いつも薄氷をふむようにおっかなびっくりで生きてる人だった、それが私には稀の誠実のあかしに思えたのに……。

「オレ馬鹿にしたら、どんな目ェに会うか見せたる。『○○』なんかになめられてたまるかい、けつ捲《まく》ったるド」

とい い、

「オダ・レンなんかと違《ちゃ》う！」

といいつつ、裸《はだ》かになってバスを使いにいった。そうして思い出すと腹立たしくなったとみえ、洗面所から私に叫んだ。

「オマエなあ、外へふらふら出ていくな、仕事の電話入るから、家にじっとしとれ、へんなトコへ顔出すよって、顔おぼえられて今日みたいなことになるねん」

私がとっさに返事できないでいると、

「浅野稀さんの奥さんですか、と聞かれたら、いいえ、江木蜜子です、というて通せよ」

しつこい。

稀は派手に湯の音を立てている。

イカの墨煮を食べて真っ黒なうんこが出て十二指腸潰瘍《かいよう》になったと、泣きそうな顔をしていた稀の可愛げなんか、どこにもない。

私はもう、『ミッチイ、映画を観る』を書きつづける気もしない。それは稀が「ダナエ」へ行こうかと提案しといって食事の支度をする気も起らない。それは稀が「ダナエ」へ行こうかと提案したからでもない。どこかがぱっくり口を開いてもう絆創膏《ばんそうこう》を貼ってもダメ、というあかぎれが心身にできたみたい。でも私は怒ることもしない。

そうして思った、怒らないほうが、人間にとってずっと容易《やさ》しいんだって。

怒るというのはむつかしい。あとの手当てや始末にエネルギーが要るから。

それより（ま、いいか）と怒りを怺《こら》えているほうがずっとたやすかった。

私はカーテンを払って茄子紺色《なすこんいろ》の暗い空を見た。顔をさらけ出したところで、もう、フォト・ウイークリイは怖くなかった。かえって、仕事熱心なあの男たちが可哀《かわい》そうになった。せっかく浅野稀の同棲《どうせい》相手の女の顔をぬすみ撮りしたというのに、妙なところから横槍《よこやり》が入って、やっぱり作家はアンタッチャブル、あんな吹けば飛ぶような駈け出しでもやっぱり、触ったらあきまへんのんか、と腐っているにちがいない。

稀が風呂から出て来て、外で食事をしようというので、私もその気になって服を着更えた。それから「ダナエ」へタクシーで行ったが、車の中でも稀は、

「へーえ。『〇〇』がねえ……」

とフォト・ウイークリイの取材に、ちょっとショックだったようだ。それはいいが、

「そやけどオレと暮らしたらおもしろいこと、多いやろ、週刊誌には追いかけられるし、かくれんぼせんならんし」

と笑った。

それはたしかに稀との生活は今まで楽しく面白いと思っていた。しかし彼に念を押さ

れると、その面白さ、楽しさは煙のように消えてしまった。

ちょうど車が停まったので私はそれに返事せず、「ダナエ」のちょっと手前の、西洋骨董の店のショーウインドに気をとられるふりをしていた。

「まあ、きれいな人形」

それは二十五センチ位の丈の、小さいが、ほんもののジュモーだった。薄青い衣裳《いしょう》を着て立っていたが、どこも欠けていない精巧な完品だった。二百万円という値札がついている。

稀はチラと横目で見て、

「ニューヨークで買《こ》うてきてやるよ」

「ニューヨーク?」

「トミタ・ジュンがアメリカの西海岸に移って小説書くっていうから、オレ、ニューヨークにちょっとでも居てよかなあ、思てるねん。トミタ・ジュンなんかに負けてられるかい」

稀は嫉視《しっし》や焦りをむきだしにしていう。私はまたもや呆然としてしまう。こんなに嫉《しっ》妬《と》や羨望《せんぼう》に身を灼《や》く男だったかしら。

4

「いとこしませんか?」と電話したのは私のほうからであった。尾瀬は名古屋の出張から帰ったばかりだと電話でいっていたが、やっぱり暖かい声で、

「よろしなあ、今夜でよかった! ゆうべならまだ出張やったとこですワ」

と喜ばしそうな声を立てた。それは私の考えている彼のイメージにぴったり、だった。

尾瀬なら、世間の人のよくいう、

(……だったら、よかったのに)

(……したら……したのに)

という後悔や譴責《けんせき》のコトバの「かかりむすび」にならず、きっと、

(……でよかった!)

(……したから……になった!)

と僥倖《ぎょうこう》や幸運を喜ぶ「かかりむすび」を愛用するに違いない、と思っていたら、やっぱりそうだった!

私のうちでは、尾瀬という男は、

「幸福の文法」

だけを使って話したり考えたりする人種のように印象せられていた。彼は幸福という

電気を、電気ウナギのようにまわりに振りまくので、久しぶりにそれに感電させられたかった。

「いとこ」というのは、以前《まえ》に尾瀬に会ったとき、「きょうだいでいるより、情《じょう》の濃い、いとこぐらいの仲でいよう」という話が出たからである。きょうだいなら緊張感はないが、情の濃いいとことなると、地雷原をひやひや歩くみたいな、凍った池へ恐る恐る踏み出すみたいな気分もあるし……。

そしてそれ以上というならば、光村だけれども、私は光村の眼が怖かった。眼鏡の奥の眼は、「いっぺん見ると、ちょっと視線をそらせにくいほど」強いのだった。私は彼に会うと嘘《うそ》がいえなくなってしまう予感がある。彼には私に嘘をいわせてくれない何かがある。

それが私は怖かった。国禁を犯してスピード違反してしまうのが、目に見えてる気がした。

ただいまとりあえずは、私は、甘えることに飢えていた。そういうのには尾瀬は打ってつけの男だった。

稀は東京へいっている。このあいだのフォト・ウイークリイの話をつけにいくのと、ニューヨークゆきの企画を売りこむためだった。稀はトミタ・ジュンに張り合ってニューヨークに住むといっているが、読むのはともかく、英語の喋《しゃべ》れない稀が、とても住めるとは思えない。自分でもその危惧《きぐ》があるとみえて、一カ月ぐらいの逗留《とうりゅう》で『ニューヨーク浮寝鳥《うきねどり》』という（タイトルまで用意している）ニューヨーク旅日記を書くんだといっていた。出版社がそれに応じてくれるかどうか、感触を探りにいくらしい。それに、稀の小説の一つが小田廉の作品とともに、アメリカの出版社の、世界の新進作家作品集というようなものの一部として英訳される話が持ち上っていた。そのエージェントと会うという用事もあるらしい。

「オダ・レンとなんで一緒にされんならんねん、どういう基準や」

稀は自分一人でないのが不興のようだった。

「なんであいつなんかが」

稀が選ばれなくて、オダ・レンだけ選ばれたのなら、怒っても妬《ねた》んでもいいかもしれないけど、一緒に選ばれたのを不快がる心理は、私にはほとんど不可解だった。すべて自分だけ突出していなければ気がすまないらしい。私はそれを「物書きの果しなき欲望」と呼んでいる。でも勿論《もちろん》、そんなことは稀には言わない。

そしてその上に、稀の用事は品田かほるだとか、キキとかに会うことも入っているかもしれない。

それで私は、稀がハンティング・ワールドのボストンバッグを提《さ》げて大阪空港に向うべく、部屋を出るとき、

「行ってらっしゃい」

といって、

「エイズにだけはかからないように、おつつしみ遊ばせ」

といったのだった。

「何をしてもいいけれど」

「エイズ浮寝鳥というとこですな」

と稀は捨てゼリフをいって出発した。何が稀をいきいきさせるといって、東京へいく前ぐらい、彼をにこにこさせるものはない。仕事の名誉心、うぬぼれ、酒にギャンブル、そこばくの男の友情や、ちょいとした情事《いろごと》、そういう人生の満足すべき要素がぎっしり詰っているようだった。それにフォト・ウイークリイの事件は、先方の譲歩（不本意ながら）によって折合いがついたようなので、それも稀の気分を昂揚《こうよう》させているようだった。

ニューヨークへは、多分、カメラマンも同行するようになるだろう。一カ月の彼のるすを私は喜んだ。彼のいないあいだ、考えたいことはうんとあった。ニューヨークどころか、稀が東京へ行ってるあいだも、

（あたしはここにいて、いいんですか？　いいんですね、あなたが帰るまでいてもいいのね？）

と皮肉をいって、

（フォト・ウイークリイの、別のがまたやってきたら、今度は「通いのお手伝いさんでーす」といえばいいのね？）

と厭味の一つもいいたい気分だった。しかし私のいったことは、「エイズにだけはかからないように、おつつしみ遊ばせ。何をしてもいいけれど」という冗談だった。あのいつかのパーティの晩、どっちも酔っぱらって、馴鹿《トナカイ》論争をしながら、肝腎《かんじん》のところで衝突を回避したように、私はいつも回避している。

それは私の美意識と気取りのせいだと思っていたが、稀が出ていってからわかった、私は、

「衝突する能力」

がないのだ。

そうなんだ。

見栄《みえ》や気取りではなく、回避の能力に恵まれすぎ、衝突する能力がないのだ。

稀が、私のそういう性質を利用してる、とは思わなかった。むしろ、稀は、「衝突する能力」のない私といて不幸だった。

それがわかったのは、実に、尾瀬と会ったからだった。

尾瀬は私を迎えて、読んでいた夕刊を置き、眼鏡をケースにおさめてポケットへ入れると、(この一連の動作ですら、おちついて魅力あった)

「久しぶりですな。寒うなりましたな」

と起《た》って私を招じて、一緒に腰をおろした。食事の前の待合せ室だった。私は尾瀬のやや垂れ眼の、暖かい笑顔、ガッチリした矩形《くけい》の体つきがとても好もしく思えた。私はベルベットの焦茶のドレスに、渦巻の宝石をつけていたけれど、ドレスの色が私の髪の色に合うのを知っているので嬉しかった。

私たちは食事の席に案内された。

それは以前に彼に連れて来てもらったことのある、洋風懐石料理だった。西洋料理と京都料理がミックスされていて、お箸《はし》で食べるようになっている。尾瀬はとてもおいしそうに食べるので、それを見る喜びというのもご馳走のうちに入る。

「嬉しいわ、尾瀬サンとまたお目にかかれて。わるいことはクセになるから楽しいのです、というのは尾瀬サンに教えて頂いたけど、お会いしたくなる気持も、クセになりそう」

と私はいった。私はほんとにそう思っていた。尾瀬といてのんびりくつろげるのが嬉しいのだった。

「今夜はよう口がほぐれますな、あんた」

と尾瀬も嬉しそうだった。

「いつもは『無言のおしゃべり』をやってるのに。いやしかし、それもよろしい、何をしてもあんたはエレガントですよ」

出た出た。ほめ言葉というのは何べん聞いてもいいもの。私たちは赤ワインで何度も乾盃する。そのあいだ中、さりげない会話ばかりたのしく弾んだ。尾瀬は、なんで私が急に「い、いとこしません？」などと電話してよこしたのか、そんなせんさくをするほど、野暮ではなかった。

私はといえば、稀とのことを世間話ふうにして、尾瀬の反応を引き出したかった。べつに相談に乗ってもらうというのではなく。

それにまた、光村にいってしまったように感情の決潰《けっかい》でさっぱりするというのでもなかった。

私は稀とのここしばらくのゴタゴタに疲れていた。ことに私が疲れていることに気付かない、あるいは気付かぬふりをしている稀の気持に、いっそう疲れさせられていた。どうしていいか、わからなかった。それは、どうして生きていったらいいか、わからない、という根本的なことだった。といって稀をもう愛していない、というのではなかった。それなら簡単だった。別れたらいいのだもの。

——でもそうではなかった。

といって、稀とこの先、やっていく自信もなかった。

それが私に「いとこしません？」と尾瀬に声をかけさせた理由だった。

食事はなめらかにすすみ、時間はどんどん経《た》っていった。

「九時過ぎましたな」

と尾瀬はいった。

「九時、――ねえ……」

私は感慨があった。

「九時からは、オトナの時間、というのを教わりましたわね」

私たちは、これもこの前のように、食事が終ってから、部屋の端っこの、小さいバーに席を移した。今夜は窓に面した席が空いていたので、私たちは大阪市の夜景を見おろせるところへ坐れた。尾瀬はブランデーで、私はワイルド・ターキーのロックなのも、まえの通りだった。そして以前より違っていたのは、尾瀬のたたずまい、彼そのものが、ずっと好ましく思える、ということだった。彼は長くつき合えばつき合うほど、好もしく思える人間のタイプなのかもしれなかった。

「曲玉《まがたま》の……」

と私はいった。

「コレクションを奈良の田舎へ見にいくツアー、というのをしません？」

「うんうん、そうですな、それもありましたな、するといそがしいことになりましたな」

尾瀬は嬉しそうだった。

「雀の法事の、前にしますか、あとにしますか」

私たちは笑った。尾瀬は続けて、

「曲玉ツアーもそうですが、雀の法事というのは……」

「ハイ」

「幸福な人としか、できないもんなんですな、『法事』というのは」

私は、しばし沈黙。たぶん、ぽかん、としてみえたのだろうと思う。

尾瀬はいっそう表情をやわらげ、嚙《か》んでふくめるようにいった。それは、尾瀬のやさしさであったろう。

「九時すぎまで、つまりオトナの時間を共有できるのは、ですねえ……」

尾瀬は言葉をえらんで、しばし、とぎらせた。

「お互いに幸福なオトナであるときだけなんでしてね……いや、どういいますかねえ……え。あんたはちょっと、何か疲れてはりますね？」

「…………」

「どうぞ、何でもいうて下さい、聞きますよって。しかし、『無言のおしゃべり』の、あの満ち足りたエレガントではないようですなあ。何か、ありますね？　僕でよければ聞きますよ。ただ、『雀の法事』とは、それは別ですなあ」

尾瀬は私なんかより、はるかに人生の先輩だった。洞察力もエゴもそなわっていた。私はつつしんで撤退しなければならなかった。

そうしていまになってわかった、私は「雀の法事」をしてもいい、と思って「いとこしません？」と尾瀬に電話したのだ。「衝突する能力」がないため、尾瀬と「雀の法事」をすることになればあるいはその能力が生れるかと、無意識に配慮していたのであった。

尾瀬はそれを看破したのだった。

幸福な人としか「雀の法事」ができないというのは、私は不幸だということではないか。下世話にいえば、うまくいってる人妻としか浮気しない、というのはいかにも、男のエゴだった。しかしいかにも男性的な真理ではないか。尾瀬はエゴにみせかけて、私の混乱を整理してくれたのかもしれない。

「僕はねえ、エレガントなあんたが好きでねえ。しかしエレガントというのは、起爆剤でもあるんですよ。ところが爆発を避けてるうちに、湿気《しけ》ることもある。爆発してこそエレガント、なんでねえ……」

尾瀬の言葉はどこか残念そうなひびきもあった。

私はこれから先、ずうっと、尾瀬と「九時から先の」オトナの時間、いうなら「雀の法事」を共にすることはないだろうと思った。

尾瀬がそんな気になってるときは、私がそう思わないときだし、私が「いとこ、しません？」というときは、尾瀬が「不幸な人と雀の法事はしない」というんだもの。

しかしそれは尾瀬のいさぎよさ、だった。

いい男だった、——と、私は、まだ目の前にいる尾瀬のことを、過去形で考えていた。

東京から帰ってきた稀は、

「ミッチイ、お前もニューヨークへいかへんか」

という。

「なんで、あたしが!?」

今まで仕事がらみの旅に同行したことはなかった。

「いや、何でって……。今まで外国、いっしょに行ってないやないか、タマには連れて行ったるよ」

稀は、一人でニューヨークへいくのはいやだという。

「オマエ居《お》らなんだら困るねン」

困るったって——。

私は稀がいないるすのあいだ、じっくり考えようと楽しんでたんだもの。結果がわるいほうに出ようと、考える時間、踏みとどまる時間は、私には、ある種のたのしみだった。「衝突する能力のない」私には、じっくり考えることが必要だった。

「絶対、来《こ》なあかんド」

と稀はいい、それは昔の私だったら、とても可愛く思えたであろうようなもの。

「そうそ」

と稀はいって、ハンティング・ワールドのボストンバッグのほかに持ってかえった紙袋を私に渡した。

「おみやげ」

――洗濯ものでしょ、という冗談は、私の口から出なかった。その紙袋は白に黒字で店の名が書いてあるのだが、「ダナエ」の手前の、西洋骨董の店名だったから。

「どうしたの？　ここへ寄ったの？」

「ま、開けてみろって――」

私は紙袋から、白い紙の箱をとり出し、蓋《ふた》を開けた。

薄紙に何重にも包まれて、小さなフランス人形が出てきた。薄青い衣裳に包まれた、精緻《せいち》で美しいフランス人形だった。

二十五センチぐらいの小さいものだが、輝くばかりに美しい、ほんものののジュモー、私がいつかその店のショーウインドで見て、

（まあ、きれいな人形）

と嘆声を発したおぼえのある人形だった。

「欲しい、いうてたやろ」

と稀は無造作にいい、

（たいしたことじゃないんだよ）

といわんばかりに、寝室へ着更えにいった。

私は呼吸《いき》もできなかった。そのジュモーのほんものは二百万円という値札がついていたのをおぼえているが、その高価な人形を買ってきたことに驚いたのではなかった。

稀も、二人の仲に危機感をおぼえているんじゃないかという疑いにショックを受けたのだった。

そんな稀と私が、ニューヨークへいって、うまくいくのかどうか、好転するのか、取り返しがつかないことになるのか。予想もつかない。

「寒いらしいぜ、ニューヨークの正月は」

なんて、稀はいっている。お正月をニューヨークで過すというのだろうか。

「正月過ぎたらカメラマンが来るからね。――それまで都合つかへんらしい」

「…………」

「入れ替りに帰ったらええねん」

稀はニューヨークに行っても「男世帯ごっこ」をたのしむつもりらしかった。

5

稀は終始、不機嫌だった。私はそれが意外だった。自分で好んでやってきた『ニューヨーク浮寝鳥』(そのタイトルの旅日記の企画を出版社は呑《の》んでくれたらしい。稀はある雑誌に連載することにきまり、カメラマンと編集者があとでやってくることになった)——さまざま好奇心も関心もあるだろうと思われるのに、

「ちえっ、ううッ、寒い。寒いばっかりやな」

と天候にまで悪態《あくたい》をつき、

「汚《きッ》たないなあ、この街は」

と罵《ののし》り、

「治安、というのは最低条件やないか、人間の街の。それが保証されてえへん、なんて荒廃もええとこや」

と憤慨する。

私はといえば、稀がいい気分なら私もいい気分になる、というようなものだった。私はどっちへでも転ぶあやふやな精神状態だったのだ。だから稀が不機嫌なら、私も、みるみるという感じでそっちへ傾斜してしまう。

というより、まだ出発前のあわただしさの疲労が癒《い》えていなかった。

稀の書きだめほどではないが、私も、録音のとりだめをしておく必要があった。お正月映画がおびただしく用意されていたので、私はそれを観る時間も要った。読書なら家事のこまぎれでもできるが、試写室で何時から、という約束を自分勝手に弄《いじ》れないので、きちんとそこへ出向かなくてはいけない。これは主婦（もし私がそうであるならば）の身にとって大変な制約だった。稀にも何べん、「また出かけるんか！」と叱《しか》られたかしれない。

（そういうとき、

「仕事だから仕方ないじゃない」

などというと大変だ、

「偉そうにいうな、その仕事は浅野稀の名前で廻ってきたおこぼれのハンパ仕事やないか」

などと稀は叫ぶ。仕事がたてこんでいる時は、自分でも何をいってるか分らないくらい逆上しているので、触らぬ神に祟《たた》りなし、である）

ともかく「映画スーパーシート」の仕事をとりだめして、新年早々の仕事はじめの打合せもしてきた。光村にはニューヨークへ行くこと、年が明けたら、（稀はまだ滞在するが）私はすぐ帰ってくること、などを話した。

光村はぎりぎり年末まで働き、元旦《がんたん》は親の家で過すが、そのあとすぐ、例の兵庫県の田舎の村へ、車で出かけるという。

「この前、またちょっと行ってみたんですよ。廃校になってる小学校の校舎の一部を借りてる絵描きさんがね、泊るなら来い、といってくれたので。車に食糧と寝袋を積んで行くつもりです。テレビが見たくなれば診療所の先生とこへ行けばエエし。絵描きさんと碁でもやるかなあ。――来ませんか？」

光村は強い光の眼を私にあてていう。

「あの、たらたら坂の、榎のある家へは泊れませんの？」

「あれは手入れしないと駄目ですが、女のひとはお寺で泊めてくれる」

「虚空《こくう》に声の聞えるような怖いところはいやよ」

「大丈夫です。お寺に中学生の娘さんがいましてね、その子の部屋へ泊めてくれます。この前、迷いこんだハイキングの女の子らが泊めてもらってましたよ」

私は見も知らぬ過疎の山奥の村で、光村と何日か過すのも悪くはないと思いはじめていた。光村は住所と診療所の電話を書いて私に渡した。電話すれば駅まで車で迎えにいく、というのだった。

私を外まで、彼は送ってくれた。年末のとりだめは、テレビもラジオも同じで、人々は忙しさに錯乱状態になっていた。スタジオは空く間もなく、どのドアもばたんばたんと開閉され、人々は廊下をあわてふためいてすっとんでいく。その中を光村は、私の背を庇《かば》うようにしてあるきながら、のどかな声でそんな話をする。正月は山奥の村にも、いくばくかの帰省する人々もいるので往来はにぎやかになる。町へ働きに出た息子や娘も帰ってくるので、久しぶりに村中の顔合せとなり、そういうとき、嫁入り婿取りの話も出たりするのだそうである。

「――来ませんか？」

と私はいった。

「行ってみたいわ」

いいながら、自分では（行くわ）と言ったつもりになっていた。（行ってみたい）ではなく。――

「待ってます」

ぽつんと光村はいったが、それは私の内心の声をキャッチしたような力強いものだった。

私の録音とりだめも忙しかったが、稀の書きだめも凄《すさま》じい仕事量になり、やっとのことで、あとはニューヨークからファックスで送るという約束で、出発ぎりぎりにけりがついた。ヒコーキの十二時間、稀は睡《ねむ》ったきりだった。私はファーストクラスなんかに乗ったことがないので、映画を見たり、お酒をもらったり、立っていって後の席の窓から、外のオーロラのような光を楽しんだり、したけれども。

そうして、ニューヨークへいく楽しみより、そのあと、田舎の村へいく愉《たの》しみのほうがずっと強くなっている、その愉しみの照り映えのせいで、何となくニューヨークもいいことがありそうに思えるのだ、と気付いた。

私は行くときまってからニューヨークに関する本を手当り次第に読んだり、稀が買い込んだままになっていた英会話のテープを聞いたりして、私なりに期待もあったのだ。

私はもうずうっと前、まだ稀と一緒に暮らしてないころ、「ヨーロッパ一週間」という安いツアーへ加わっていったことがある。とてもきりつめてお金をため、楽しみにしていたあこがれのヨーロッパだったが、やたらにあわただしく、荷造りにせわしかったという印象しかなかった。パリでは毛皮をまとった女たちの表情が険《けわ》しく、取りつく島もなく感じられたこと、街頭の椅子《いす》に疲れて腰をおろそうとして、追い払われたことしかおぼえていない。

それで、今度の旅は、私にとってはじめての海外旅行のような気がした。

稀は、アメリカははじめてだが、小説で賞を取ったはじめのころ、ヨーロッパへ仕事がらみで行っている。これも印象は薄かったといっていた。お互い、やっと人心地がついてはじめて出かける海外の旅、といってよかった。いわばお上《のぼ》りさんだ。

そのせいかどうか、稀は、ケネディ空港に着くなり、小さい手鞄《てかばん》を掏《す》られてしまった。

幸い、パスポートやカード、小切手《チェック》は別だったからよかったけれど、十万円ばかりのドル札と、仕事の心おぼえのノート、手帖《てちょう》のたぐいが入っていた。

「べつに仕事に差し支えるほどでもないんでしょう？」

といったら、

「うるさい！」

と稀は一喝《いっかつ》し、それにまた旅行社からこちらの支社に連絡がいっているはずの、出迎えの人が来ていない、それにもイライラしたようだった。

その男の人は汗を拭《ふ》きながら現れた。すごい渋滞で遅れたと言いわけしているのに、

「遅すぎるやないか」

と稀は未知の人に不機嫌を隠そうともせず、さっさと歩いていく。その頭上には、稀の不機嫌と不釣合な、美しい色とりどりの鐘が輪になって吊り下げられていて、ニューヨークはクリスマス気分だった。


私は毛皮にスキーパンツ、ブーツといういでたちで、暮れのニューヨークの町へ出る。稀も、セントラルパークのそばのホテルが豪華で典雅なのに少し機嫌を直した。ただ、部屋の窓からセントラルパークは見えない。ホテルの裏側が見えるだけ、きっとパークがみえる側の部屋は、そら恐ろしい値段なのかもしれない。しかしシャンデリアが下っ

ていて、次の間つきの部屋なんて、私には生れてはじめての経験といってよかったので、

「すごい、すごい！」

と跳《は》ね廻《お》っていたら、

「オレと居ったら、こういうとこも泊れるのです。みてみい」

稀は満足そうにそういい、私は即座に跳ね廻るのをよした。これではご馳走をたべるたび、お芝居を見るたび、そういわれそうだった。

旅行社の人に、稀はブロードウエイやメトロポリタンオペラの切符を頼んでいた。レストランの予約などもしてもらう。地下鉄に乗りたいときは連絡して下されば、一緒に乗ってご案内します、ということだった。

「なに、僕はいつも乗ってるんですけどね。気をつければそんなに危険ではないのですが……」

稀よりずっと年かさにみえるその人は、最初、稀の猛烈な不機嫌のパンチに見舞われたせいか、慎重な言葉づかいと態度だった。私たちは地図を拡げて説明を聞き、マンハッタンが碁盤の目のようになっているのに感心して、たちまち京都シティの感覚になり、ロックフェラーセンターのクリスマスツリーへご案内しますというのを、これなら歩いていきます、といった。

ホテルを出て五番街を下ろうとしたら、ものすごい人波だった。それも家族づれが多

い。クリスマスイヴの前の日で、贈り物を買いに出かける人々かもしれない。

セントパトリック教会には引きも切らず人々が出入りし、その入口には星型の飾り物を捧《ささ》げた聖歌隊のような人々が、讃美歌を歌っていた。敬虔《けいけん》な信者ばかりの町のように思われた。それでも私はひどい雑踏に気をゆるすわけにはいかなかった。

稀はケネディ空港で掏られたのがコタえたとみえ、

「いや——、誰見ても怪しいなあ」

といっている。

マンハッタンというのは、ゆけどもゆけども高層ビルで、町なかは谷底だった。まだ日は高いはずなのに、谷底まで陽《ひ》はさしこまない。

陽光は高いたてものてっぺんにだけ当り、それはまた向いのビルのガラス窓に反射する。谷底の通りはその照り返しで、いつもどこからとなく陽が射しこむような、薄陽《うすび》の町になっている。うすら寒く、どこからどこへともなく、救急車《アンビユランス》の音がきこえる。

私は雑踏にまぎれて、ティファニーもグッチも見過してしまったのを知り、引っ返したかったが、稀にそういう気はなくなっていた。

それに女のショッピングには稀も興味はなさそうだったから。

そのくせ、稀がニューヨークでのたのしみの一つにするのは、マジソン街でのメンズファッションの店だった。

どこもクリスマスセールと年末大売出しで、これを目あてにくる旅行者も多いと教わった。

たてものが高いせいか黄昏《たそがれ》が早い。どこへいくともない人波に揉まれて、ついはぐれそうになり、

「稀ちゃん！」

「おい……ミッチイ」

なんて呼び合って、

「何してんねん、迷子になっても知らんぞ、この町は迷子が多いと、ハヤノさんいうてたやろ」

と稀に叱られるのも面白かった。ハヤノさんというのは、旅行社の人である。人通りの多い道ばたに何だか拡げて売っている黒人、紙袋に隠したウイスキーをラッパ飲みしている浮浪者、ごみ箱を漁《あさ》って、屋台のプレッツェルやホットドッグの食べ残しを口に入れている乞食、（そういうコトバを私は思い出してしまった）それらすべてを含め、ニューヨークは私には目あたらしいものはなく、東京にも大阪にも似すぎていた。

稀はそう思えないらしい。

「ああ、オレはいま、ニューヨークに立ってる！」

と感きわまって叫ぶ。

「ニューヨークにいるんや、いるんや、みな見てッか！　オレ、ニューヨークやどォ！」

と歩きながらどなる。

肩を触れ合せて歩く人々すべてが、夢中でしゃべり立てているので、稀がどなったくらいで注意を払う人はいない。

「トミタ・ジュンはサンフランシスコに来とるけど、あんなとこで物書けるかい。ニューヨークやな、そう思わへんか!?」

トミタ・ジュンが夫人と二人の子供を携えて、いまアメリカ西海岸に住んでいるというのは私も何かで読んだことがあったが、別に、「あんなとこで物書けるかい」とは思わなかった。

稀はライバル作家のことが、あたまから離れぬようである。スクリブナーズの本屋へちょっと寄り、

「あ、やめとこ。ここで粘《ねば》ってたら夜があけてしまう」

と稀はすぐ出て来て、四十七丁目でパーク・アベニューへ折れた。

私が牡蠣《かき》に目がないので、有名なグランド・セントラル駅にある「オイスター・バー」へいこうというのだ。

駅も広々と大きいが、そのつき当りにある「オイスター・バー」は思ったより大きい

レストランだった。ニューヨークは地下鉄といわず駅といわず、公衆の集まるところは必らずオシッコの臭《にお》いがたちこめているといわれるが、たしかに、たべもの屋の前でさえ、かすかにその臭いが漂うのを私の鼻は捉《とら》えている。

しかし広々とした店内は清潔で、赤白チェックのテーブルクロスに掩《おお》われたテーブルが果ても見えないほど並んでいた。

勤め帰りの男や女はカウンターでかるく飲み、牡蠣をつついて出ていく。

私たちはブルーポイントという牡蠣を一ダース、といいたいが、隣近所のテーブルを見ると、鮑貝《あわび》ぐらいに大きいヤツが来ているので恐れをなして、半ダースにした。あとはいうまでもなく、シーフードの店らしく、ロブスター。

牡蠣は結局、追加注文して、ペロリと半ダースずつ食べてしまった。あとは揚げたエビ。白ワインでゆっくり二人でたいらげて、やっと、

(旅に出て、食べてる。それも二人っきりで……)

という感じになった。フィンガーボールで指を洗い、

「ああ、贅沢《ぜいたく》っていいなあ」

と私はいった。

「ほら……稀、ちょっと前だったじゃない、よくいってたの。――『シミジミ、エエなあ、贅沢いうもんは』って。ミナミで地中海料理たべて、そう喜んでたのに、いまは二

ューヨークに来て、ナマの牡蠣や海老たべてるなんて、贅沢って、ずんずん度が進むわね」

「誰のおかげやねん」

稀が冗談でいったのだから、私も冗談で、（アタイのおかげじゃないか）といえばよかったのだ。

ところがタイミングを失ってしまい、答える言葉を失った。男と女が共棲みできるのは、タイミング一つにかかっているというのに。

これは綱渡りのコツのように、一つまちがうと、どんどんはずれてゆく。

外へ出てみると、私はびっくりして声をあげた。

暗くなった夜空に、さまざまなイルミネーションが輝いて、ニューヨークはきらめいていた。パーク・アベニューの街路樹は、極微小のビーズをつらねて木々にかけまわしたように、光の樹氷をまとっていた。

ビル街はてっぺんまで光の洪水で、軒先の木々から生垣まで、豆電球で光のレースをまきつけたようである。そのレースの縁取りをするように、粉雪が降ってきた。風があるので積らず、足もとに吹き払われてゆく。

「タクシーはあかんやろうなあ」

と稀はいい、

「歩いてかえろうか」

「うん、いいわよ」

「ロックフェラーセンターへも寄れるし」

「きれいな灯ねえ——」

と思わず声が出たら、稀もちょっとビーズの灯に心奪われていたせいか、

「うん」

といっていた。

「これ、クリスマスまでしかつけないのかしら？」

「正月まではついていてほしいな、品田かほるにも見せたい」

「来るの？」

「仕事で来るらしい。このあいだの『〇〇』(と稀は、このまえ私が写された週刊誌の名をいった)に、それ、いうといたんやけどな、品田かほるとオレ、ニューヨークへ行くぜ、って。同じ取材するなら、そういうの、してくれやっていうといたから、ひょっとしたら『〇〇』の奴らも来るかもしれん、第一な……」

稀は熱心にしゃべって、マスコミ操作にもなみならぬ関心のあることを示していたが、私としてはただ、この極微小のビーズをまとった木々を、「きれいね！」「うん！」といいたいだけなのに……。

6

かえり道、稀は、

「おい、ちょっとここへ寄ろ」

といい、ウォルドルフ・アストリアホテルへ入った。階段を登るとアール・デコ風なインテリアのロビーがあって、しっとりとした雰囲気だった。私たちの泊っているホテルも高級なホテルで、客すじもよく、インテリアや調度もいいが、何となく人が多くてざわついていた。

アストリアホテルはクリスマス前という華やぎはあるにせよ、それも典雅で、ずっと人少なだった。

フロントの前までゆっくりそぞろあるき、ニューヨークの金持気分を少し味わった。

若者はほとんどいず、中年の金持女らしい権高《けんだか》なマダム、毛皮と絹と宝石ずくめの老婦人、頰と顎《あご》が半白の髯《ひげ》で掩《おお》われた身なりのいい老紳士、いかにも、ふだんこのホテルを使い慣れてるといった伊達男《だておとこ》たちが歩き廻っていて、独得の雰囲気なのだった。

私はすっかり心を奪われ、ここへは各国元首も泊るというけれど、それにふさわしい風格のホテルだと思った。

パーク・アベニュー側のバー、それはロビーを見おろすような二階にあるのだが、そこに坐って、ジャック・ダニエルの水割りなぞ飲みながら、私はすっかり、うっとりとしてしまった。

「好きよ、これがニューヨークなのねえ……」

とあたりを見廻していると、稀も周囲を一べつして、

「ここはもう、××が書いてたな」

と、若手の物書きの名をいった。

「ヒトの書いたあとを書いても、しゃァないやないけ」

私はそんな発想に驚かされた。ヒトの書いたことと自分の楽しみとは関係がないのに。

「さ、ロックフェラーセンターも見とこか」

と稀はせかせかという。

アストリアホテルのガラス戸を出ると、身を切る寒風の中、粉雪が舞っていた。パーク・アベニューの突き当りのパンナムビルは豪華といっていいような、光のクリスマスデコレーションに飾られている。その火照《ほて》りのように街路も明るい。

木々の梢《こずえ》にばらまかれた光を透かして、アストリアホテルへの客を送り迎えする車がしきりに散り、集まる。婦人たちは毛皮のコートに身をつつんで、黒いリムジンにかがんで入り、髪に粉雪をからませた。

それを見ているのも楽しい見ものだった。

ロックフェラーセンターに近づくにつれ、群衆の姿は、アストリアホテルと違ってぐっと庶民的になった。毛糸の帽子をかぶった子供、防寒ブーツにダウンパーカの青年、ころころに着ぶくれた夫婦といった、家族づれの姿が多くなる。粉雪を踏んで人々は、ロックフェラーセンターのビルの谷間、チャネルガーデンにあふれていた。ここの片側には、天使のイルミネーションが据えられており、透き通った羽が花火のように輝いている。それに導かれて進むと、人々の頭上たかく、巨大な電飾のクリスマスツリーがそそり立っている。

それこそ、夢にも見たことがないような、人工美の極致というべきもの、このニューヨーク名物の巨大クリスマスツリーは、旅行者だけでなく、数万のニューヨーク市民も見にくるというけれど、こんな美事な光の細工もの、いや芸術は、私は見たことがなかった。

大阪ミナミのイルミネーションやネオンも綺麗《きれい》だが、色や形に統制がないので、このクリスマスツリーには負けるだろう。

ニューヨークの人は、なんて光と色のセンスがあるんだろうと思った。街路樹の霧氷《むひょう》のようなビーズの光は、金粉を刷《は》いたような黄金色、そしてガーデンの脇《わき》の花壇に飾られる天使は白い光、その奥のクリスマスツリーは宝石箱をぶちまけて浴びせたように多彩なのだ。白、黄金、赤、青、緑、橙《だいだい》、それらがすきまなく木に吹きつけられ、夜空にそそり立っている。

頂点に光る星がとりつけられてあるのも見えた。根本にあるのは金色のプロメテウスの彫像である。

黒人の若い娘二、三人連れがその前をいつまでも去らない。子供連れの夫婦が、ツリーを指さして子供にみせている隣では、亜麻色《あま》の髪の女が、黒髪の男と接吻《せっぷん》していた。仔犬《こいぬ》を抱いた毛皮の女がツリーを見上げ、人々は後から後から来る物見高い見物人に押されて脇へ逸《そ》れ、人の流れは渦巻く。

そうしてそれらすべての上に、円錐《えんすい》形の巨大な宝石のような光のツリーがあった。

こんなものを作るニューヨークの人って、すてきだと思った。私のマンハッタンに対する第一印象は必らずしもよくなくて、（それは稀の不機嫌にもよる）町は薄汚く、日は当らず、これなら東京・大阪よりよくないと思ったりしていたけれど、こんな美しいどでかいものを作って、

（ねえねえ、綺麗だろ！）

と自慢するニューヨーク人は、これはやっぱりちょいとしたモノであった。だって日本のオトナは決して、（ねえねえ、綺麗だろ！）だけではものを作ろうとしないのだもの。

作るとすれば何か理由があるとか、大義名分をくっつけるとか、しかつめらしいこと

になるのだ。

私はこの、ただ巨大で美しくて、皆を素朴に喜ばせ、ビックリさせるものに感激してしまった。稀の腕にすがって、いつまでも見上げていたら、開けた口にさらさらした粉雪が落ちてくるのであった。

「きれい！　これだけでもニューヨークに来た値打ち、あるわ。ねえ」

「これはもう、サクライが書いてるな」

稀はツリーよりも、周りに入れ代り立ち代りあらわれる群衆、（それも特に女性）に気を取られているようだった。

「え？」

「何かに書いてたな、このクリスマスツリーのことは」

「ふーん」

「もう使われてるよ」

稀はほかの物書きに書かれたことを致命的に思っているらしく、そのせいで興味はなさそうであった。アストリアホテルは××が書き、ロックフェラーセンターのクリスマスツリーはサクライ氏がどこかで書いたというと、稀にはとたんに色褪《いろあ》せてみえるらしいのだ。

ほかの誰が書こうと、この光のツリーの美しさ、たくましさ、たのしさは関係ないものなのに、と私は思ったが黙っていた。

付近の商店はもうおそいのでクローズしていたが、ショーウインドは趣向を凝らしてあって面白かった。サンタクロースが馴鹿《トナカイ》のソリを曳《ひ》くディスプレーも、私にはいつか稀と交した馴鹿論争を思い出しておかしかった。でも稀は、他の誰も書いていないニューヨークを見つけるのに急なせいか、いらいらしてみえた。

そのいらいらは、原稿を書いてファックスに叩きこまないといけない焦慮《しょうりょ》から来ているらしかった。わき目もふらず稀はホテルまであるき、(私はもっとゆっくり五番街を北上したかった。まだまだ人通りもとだえず、人々はクリスマス間近の華やぎに心ときめかせてたくさんさまよっていたから) ホテルの部屋へ戻るなりネクタイをむしりとって、仕事にかかった。

昔、私は仕事に熱中している稀を、頼もしいというより、可愛く思ってみたものだった。しかし今は、ヒトの書かないことを書こうと「奸智《かんち》」を働かせている稀は、私には、たけだけしくみえた。女はたけだけしい男に共感はもてないものである。それは女の割り込む余地はないということだから。

私はマンハッタンをあるき疲れてすっかりくたびれてしまい、眠ってしまった。

ニューヨークは夜じゅう、ずっとざわめいている街だった。ビッグアップルの睡るときはないらしく、地底からのようなざわめきが遠く感じられた。その仕上げのように一夜じゅう、ヒュルヒュルヒューヒュー、という救急車《アンビュランス》の音が聞えるのだった。

あけがた稀は仕上げたらしく、シャワーを使って、私にルームサービスでコーヒーを頼んでくれ、という。コーヒーを飲んでしばらく休み、ハヤノさんのところのファックスを借りるべく出かけていった。

しばらくすると稀から電話がある。

「今日午後と夜、オマエ、どっかへいってろよ、ハヤノさんの会社の若い人を案内につけるから」

「どうして？」

稀は笑っている。

「サクライなんかがまだ書いてないトコ探訪しまんねん」

「アタイがいちゃいけないトコなのか」

「まあ、そういうわけでもないけど、さ、オマエ、エンパイヤステートビル登ってみろよ」

「いやだよ。大阪の通天閣《つうてんかく》もいったことないのに。阿呆と煙は高い所へ登りたがる、っていうやない」

「オマエが阿呆でないように聞えるぜ」

と稀は打って変って上機嫌。

「ほんなら近代美術館はどやねん」

「芸術はもう、マレちゃんで沢山だわよ、毎日、芸術責めでゲップが出るよ」

　稀は高らかに笑った。よほど気分のいいことがあったらしい。しかし私のいったのは嘘で、ほんとは、エンパイヤステートビルも、近代美術館も、ニューヨークのお上りさんとしてシッカリ、楽しみにしていたものだった。

　しかしそれは、稀との二人旅だという思いこみの上に立って、だった。それからしていえば、高いビルの上へ稀と登って市街を展望し、近代美術館へいき、稀の買物をマジソン街で捜し、「ブルックス・ブラザーズ」や「ポール・スチュアート」へもいく、ついでに私の買物を「ティファニー」や「ＦＡＯシュワルツ」でする、そのときも稀と二人で、

(あれ、みてみて。あれ買いたい)

　というための、二人の旅だと思っていた。

　そうでなくて別々の行動で、高いところへ登っても、名画を見てもつまらなかった。

「ま、行きたいトコへ行くがよろしい、ハヤノさんの会社の若い人、案内につけるっていうから……」

「いいよ、そんな」

　稀でない男とニューヨークを歩くのもいいか、とちらと思ったが、それも今は煩《わずら》わし

かった。

「いや、夜もなんや。夜は、オレ、出版社のエージェントに会わんならん。夜、めしを食う店へエスコートさせるよ」

「町でハンバーガーでも食べてるわよ」

「それじゃ、何ンかあったらハヤノさんに連絡したらエエから。連絡つくようにしとく」

私はショッピングするところもあったし、行ってみたいところもあるから、べつに身のふりかたに困る、ということはなかった。しかし、何ということなく、ホテルの前のグランド・アーミー広場に出たとき、茫然とした気分になった。

今日はよく晴れて——ということは、薄陽がさして冷いが澄んだ日だった。大気が冷えているので、マンホールから噴き上げる湯気が濛々《もうもう》と白い。公園まわりの馬車がおびただしくむれていた。馬も車体も白い、お伽話《とぎばなし》のように瀟洒《しょうしゃ》なのもあれば、馬方さんの牽《ひ》く荷馬車というようなのもあり、馬蹄《ばてい》のひびきが車の音のあいまに高いのだった。

セントラルパークへ入ってみたら、薄暗い林に囲まれた池が凍っていた。子供も大人もそろそろと汀《みぎわ》から下りてゆき、スケートをしている。遠いビルのてっぺんにだけ日が当り、あとは暗く静もりかえっている。その凍湖を見ていたら、私はふと、過ぎゆく刻《とき》を目の前にみる気がした。こんな気持、前にもあったっけ。

いつ、こんな気分を味わったんだろうと思ったら、そうだ、稀が小説雑誌のグラビアの写真を撮られるとき、私は外で光村の迎えを待っていた、あのときも、ふとこんな思いが胸を掠《かす》めた、と思い出した。

稀がホテルへ帰ってきたのは、深夜一時だった。私は一度眠り、目がさめたあとだったので、日本から持ってきた週刊誌を読んでいた。

「今日はどこへいった？」

稀は自分のことより、先に私に聞く。

「出先から電話したけど、居《お》らなんだね」

「サウスストリート・シーポート。そこでまた、生牡蠣と生クラムを食べちゃいました」

「よくせき、牡蠣の好きな奴やなあ」

「あそこ、海っぱたで面白かった、お店もいっぱいあったし」

「そこだけか」

帰りにバッテリー・パークまでタクシーでゆき、しばらくすると夕陽で空は真紅になり、自由の女神像が対岸に黒々と立つ、その空の色も私に、過ぎゆく刻《とき》を思わせたということは、稀には言わないでおこうと思う。

「明日はどうするの？」

「明日も、出版エージェントと打合せ」

「おやおや。――それはいつまでつづくのかねえ」

「しかるべきときまで」

男世帯ごっこと同じだわ、と私は思った。

「あたしもエージェントに会いたいわ、その人にまで男世帯ごっこ、やってるわけじゃないんでしょ」

「まあまあ。あと一日ぐらいですむから」

と稀があわてていうので、エージェントの件ではなく、「サクライ氏もまだ探訪していない分野の取材について」であるらしいとわかった。

「なんで別々にいるのか、わかんない。ついてくるんじゃなかったわ。つまんない」

「そういうなッて。とにかく海外旅行も連れて来たったし、さ。人形も買《こ》うたったやないか」

「人形とニューヨークと、関係あんの？」

稀はネクタイを引きむしり、

「男のまごころのあかしですよ。あの人形、三万円しかまけよれへん。シッチャカメッチャカに高価《たか》かった」

私は人形がどんな顔をしていたかさえ、忘れてしまった。ただわかったのは、稀が、人形もニューヨーク旅行も、愛のアリバイづくりに利用したのではないかということだった。

稀の時計はとまっているかもしれないが、私の時計はもう、九時を過ぎたのだ。

私はオトナの時間を生きたくなっている。

「今日、東京に原稿のことで電話したらな……」

稀はパジャマに着更えながら、私が興味を持つのを疑いもしないさまで、面白そうにいった。

「品田かほるとオレの写真撮ろうというので動いてるみたい」

「どうせ潰《つぶ》されるのに」

「品田なら、かまへん、出ても」

「あたしはいけなくて？」

「かほるのほうは有名人ですからな。――いや、それは嘘。まあ、キキよりは、かほるのほうが恰好《かっこう》つくからな」

そういうなり、稀はベッドへもぐりこんで眠ってしまう。

夜あけ、摩天楼《まてんろう》のあいだの空が、はんなりと深い紅に染まっていた。冬空の青の美しさといったらなかった。ニューヨークの空も青く冴《さ》えているのを発見した。天心の雲は、あの巨大ツリーのように黄金色だった。

ニューヨークから帰ったら、私は兵庫県の過疎の山奥の村へいくだろう。そのときは、稀が愛のアリバイに買ってくれたもの、人形も渦巻の宝石も毛皮もみんな置いてゆく、プラチナのペンダントは、これはいい思い出がありすぎて置いてゆく。陶器の猫の置物ぐらいかしら、持って出るものは。

衝突する能力に恵まれていない私は、黙って出たきり、もう二度と帰らない。九時まではじっと忍んで待つけれど、九時過ぎたら、もう起《た》ち上って出てゆき、ふりむかないだろうということは、自分でわかっていた。

私の出たあと、稀はまた、この前のように細心の注意を払って、私の住んでいた痕跡《こんせき》を消すかもしれない。

そう思いながら、それへの憎悪はなくて、取り返しのつかない過失を悲しむような感情だけがあった。

(なんで、あんなことをしたの？)

という……。

でもいま、稀の枕元《まくらもと》へいき、その目ざめをうながすように、軽く指で頬を叩き、

「マレちゃん、コーヒー飲む？」

といえば、たちまち、昔のままの生活、稀のいう、「オレと暮らしたらおもしろいこ

と、多いやろ」という人生が続くのは目に見えていた。面白いけど不可解でやりきれぬ気分、人しれず傷つけられたプライド、それをごまかす稀への愛、そんなものでいっとなく、ナアナアのうちに押し流される人生。

でももう、私の時計は九時を過ぎたのだ。

いまの私にとって必要である以上に、ニューヨークの朝焼の空は美しかった。

(愛してたのに。稀)

過去形で、私はひそかに稀に訣別《けつべつ》する。

解説

江國香織

このごろ、小説が中性的になってきていると思う。限りなく透明にちかい小説、とでもいうのだろうか。とうぜん登場人物も中性的なので、あー、おもしろかった、と言って本をとじた直後でさえ、主人公がどういう人間だったかはっきりとは思いだせない。なにしろ男も女もさらさらで、透明かつ無臭なのだ。キャラクターが透明だと自己同一視し易く、読み手はたちまちシンパシィを抱く。そういう主人公は数学にでてくるXやYにも似て、つかみどころがないぶんだけわかり易く、扱い易い。

ところが、である。「九時まで待って」の中で田辺さん描くところのキャラクターときたら、個性まるだし、男は男くさく女は女くさく、中性的からかけ離れられるだけかけ離れた存在で、自己同一視だのシンパシィだのそんなもの知ったことじゃない、といういきのよさである。びっくりしてしまう。だいたい、浅野稀など登場して最初に言うセリフが「じゃかッし！　ぐだぐだぬかすな！」なのだ。稀は人気急上昇中の若手作家で、雑誌のグラビアの見出しまで自分で考えてしまうという、とんでもない奴《やつ》だ。その見出しが〈週末、浅野稀する〉というのだから私は憤慨した。何なんだ、こいつは。しかし、そう思ったときにはすでに遅く、私は稀を気に入ってしまっていた。

その稀を面白がり、「共棲み」している「私」である主人公、蜜子の感じがまたいい。稀にとって妻のような秘書のようなお手伝いのような蜜子は、稀が浮気をすればすぐに

(臭《くせ》えなあ……)とぴんとくるくせに、

(なんでヨソの女と寝《や》るのよう)

とどなる気にゃ、到底なれない。

という不思議な許容量を持つ女である。この言葉には二人の位置関係が滲みでているようで可笑しいが、二人の「共棲み生活」はとても上手くいっていた。

「ミッチイ」

と稀は私の耳に口をつけてささやく。

「何だい、お前さん」

「オレ好きや。好きやデ。ミッチイ」

「そういいつつ、小説書くアイデアのためなら、アタイを売りとばしかねない奴なんだ」

「グハハハ。また買い戻すやないか」

とか、

「ミッチイ。一つだけ約束してくれよな」

「なんだい、お前さん。ことによるよ」

「オレが、『キャーしよう』いうたときは、してくれるねンで、すぐに」

とか、男と女の楽しさ、他愛ない幸福をスケッチすることにかけて、田辺さんはとびきりの敏腕である。ただし、男と女のせつなさ、ほろ苦いささくれを描く田辺さんほどではないかもしれないが。いずれにしても「男と暮らすってことは綱渡りみたいなトコがある」わけで、物語は稀と蜜子のその綱渡りを中心に、「水のように」ソフトな物腰の尾瀬や、「サワヤカ少年」光村がからんでリズミカルに展開していく。くどいようだが登場人物が悉《ことごと》く魅力的なのだ。みんながそれぞれ自分の役割りをきちんと生きている、その小気味よさ、その存在感。そして、はたと気づいた。忘れていたが、主人公たちの魅力とパワーで読み手をぐいぐいひっぱってゆく、というのは小説の基本ではなかったか。


小説には二種類あると思う。一つはストーリー展開のおもしろさで（はやく結末を知りたい一心で）読むもの、もう一つは結末までの過程を楽しむもの。私は後者の方が好きである。そして、田辺さんの書かれるものはいつも後者だ。それはたぶん、人生というのが後者だからではないか、と思う。この本も、ハッピーエンドのそのあとにくるものをゆっくり描いた、九時すぎに読むべき恋愛小説である。少しずつ少しずつくいちがって軋《きし》んでゆく二人の関係が、たんねんにリアルに、あっけらかんとおもしろおかしく、それでいて情緒たっぷりに描かれている。

田辺さんのなめらかな語り口やたて板に水の文章のうまさは周知のことで、今さら私などが解説するべきことではないのだが、それでも言いたい。この巧みさは、ただごとではない。たとえば泥ゾウリ。稀が蜜子に投げつけた言葉が泥ゾウリのようにはりつく、あのくだりである。この小説全体を通してそうなのだが、稀の投げる泥ゾウリに対して、蜜子は泣かない、嘆かない、騒がない。悲劇ぶることなんぞ大人のすることじゃないもんね、とばかり、徹頭徹尾うけながす。それだけに、こっちまでせつなくさせられるのだ。相手の一言でたちまち胸がくしゃくしゃっとする、あの感じ。その泥ゾウリの感触が拭い去られるのが、夜景を見たときでもなければ、「きゃっきゃっとふざけていちゃつき、そのあとで、しんみりと時をかけて」愛し合ったときでもなく、酒場で稀が酔っ払いをこわがったときだった、というのもいいし、「好きよ、マレちゃん」と言った直後にまたしても小型の泥ゾウリがとんできてしまう、というリアルさもいい。まさにまったく綱渡りである。

そして、泥ゾウリでさえないような小さな棘《とげ》が、この小説には至るところにちりばめられている。棘たちはやがて「奸智《かんち》」の匂いをさせ、蜜子にも稀にもどうしようもなくなっていくのだ。

物語の章立てが、大阪、神戸、東京、京都、ニューヨーク、と動いていくが、終章がニューヨーク、というのも私はとてもいいと思う。ニューヨークという街の鮮やかにきらめく光と陰、一見軽やかにみえる自由のはてしない重み。そういう街の空気が、ぬきさしならない状況においこまれていく男と女にとてもふさわしい、と思うからだ。いつもとちがう風景の中で、日常からきりはなされてみてはっきりすること、というのがあり、そういうところでは、いろんなことがあっさりと白日のもとに曝《さら》される。実際、年末の賑やかなマンハッタンで、どちらも何もしていないのに、彼らがどんどんどんすれちがっていくくだりはすごい。圧倒的な迫力でたたみかけてくる。こういう場面は、おそろしく冷徹な眼を持った作家にしか書けない、と思う。

私が田辺さんに対して抱いているイメージを一言でいうなら（こういう言い方が失礼にならないといいと思うのだが）、少女、である。それは、御本人のエッセイにでてくる少女時代の田辺さん、目の大きな夢みる文学少女の田辺さんに、私が親近感を持っているせいかもしれないが、パーティなどでちらりとお目にかかる生の田辺さんも、やっぱり少女のイメージである。そういうとき、田辺さんはたいていすみの方に立ち、きれいな色のドレスを着て、はにかんだような、困惑したような、やわらかな笑顔をうかべている。そのたびに私は、こういう可憐な（言葉をかえればエレガントな、さらに言えばヌーとした）方の一体どこに、あの冷徹な眼がかくれているのだろうと考えこんでしまう。すごくちぐはぐだ。そのアンバランスさはどこか得体の知れないモンスターっぽいのだが、なんのことはない、女はみんなモンスターだ、と、田辺さん御自身が小説の中でくり返し暴露している。

あとはもう観念して、巧妙にくみたてられた恋愛小説に身をまかせるしかないのだが、ダイエット中の読者は用心しなくてはいけない。何しろ田辺さんの小説ときたら、稀のひいた芥川の言葉になぞらえれば、バターのたっぷりついたふわふわの白パンそのものなのである。

この作品は、一九九〇年六月に文庫化され、再文庫化に当たり、加筆修正いたしました。

日本音楽著作権協会(出)許諾第1015727—001号

集英社文庫

九時《くじ》まで待《ま》って

1990年6月25日　第1刷
2006年12月9日　第7刷
2011年1月25日　改訂新版　第1刷

定価はカバーに表示してあります。

著　者　田辺聖子《たなべせいこ》
発行者　加藤　潤
発行所　株式会社　集英社
東京都千代田区一ツ橋2-5-10　〒101-8050
電話　03-3230-6095（編集）
03-3230-6393（販売）
03-3230-6080（読者係）
印　刷　凸版印刷株式会社
製　本　加藤製本株式会社

フォーマットデザイン　アリヤマデザインストア　マークデザイン　居山浩二

ISBN978-4-08-746656-0 C0193